Doña Lola y la revolución de 1897

Doña Lola y la revolución de 1897

Enrique José Juárez Díaz

Escrito en Texas el estado de la estrella solitaria

Primera edición: mayo de 2022

© 2022, Enrique José Juárez Díaz
Diseño y maquetación: Juárez Ediciones
Diseño de portada: Ana Marcela Juárez
Correcciones: Víctor Javier Sanz

Todos los derechos reservados
ISBN: 9798806348488
Impreso por Amazon

Para componer este libro se han utilizado las familias tipográficas Bookman Old Style, Garamond y Courier New.

A Celia,
mis hijas, Liz, Pamela y Marcela,
y mi hijo, Pablo

*El amor a la libertad los hizo héroes,
el odio a los tiranos los hizo mártires.*

*Los tiranos se rodean de hombres malos
porque les gusta ser adulados, pero
ningún hombre de espíritu elevado les
adulará.*

Aristóteles

1

¡Desdichada noche!

>Jueves, 9 de septiembre de 1897
>De madrugada

El amanecer está lejano y el camino que lleva a San Marcos, justo por la encrucijada que está al dejar atrás las aldeas de San Mateo y Los Duraznales, está desolado o parece estarlo. Las tinieblas de la noche, como si fuesen una ancha sábana, lo abrazan y lo envuelven.

Aunque ya están cerca los claros de luna del mes, su ausencia, por ahora, tiene al campo y al camino en una completa oscuridad.

De pronto, a lo lejos se escucha transitar un carruaje: viene de Quezaltenango, débilmente iluminado, pero, a pesar de ello, sobresale y no puede pasar desapercibido entre las densas tinieblas.

Es un hecho insólito, porque este camino durante el día rara vez lo transitan los vehículos de cuatro ruedas, lo que regularmente se observa, y escasamente, son recuas de mulas transportando mercaderías y algunos viajeros a caballo o en mulas. De noche, regularmente, los caminos están completamente desiertos.

Al acercarse el carruaje a la encrucijada, se escuchan claramente los inconfundibles sonidos de los cascos de los caballos, el rechinido de los ejes de las ruedas, ligeramente ahogados por el camino de tierra, entremezclados los anteriores con los restallidos del látigo.

Esta mezcolanza de sonidos casi no deja oír la voz de alguien que grita con voz firme, pero calmada.

—¡Arre! ¡Arre!

Es la voz del auriga que estimula a los caballos, a los cuales grita, de tiempo en tiempo.

—¡Eso es muchachos! —les grita como si fuesen viejos conocidos.

Los caballos responden a esa conocida y peculiar voz con alegres relinchos; y con vigorosidad marchan al trote.

Las nobles bestias, a pesar del trajín de la madrugada y lo accidentado del camino, en este momento marchan acompasadamente sin perder el paso.

Avanzan los caballos obedientes a las órdenes que el conductor del landó con pericia les va dando. Los dirige de diferentes maneras: a voces, por medio de las riendas y con los ligeros chasquidos que dirige a los costados de los nobles animales, sin tocarlos o golpearlos con el látigo.

Los animales jalan del landó con docilidad y fortaleza debido a que han sido bien entrenados y amaestrados. El cuidado y la buena alimentación los mantiene fuertes.

Y así avanza el carruaje, tirado por los percherones, tiempo al trote y tiempo al paso.

Aunque es temporada de lluvias, no ha llovido esa madrugada ni en la tarde ni por la noche, pero las lluvias de los días anteriores humedecieron lo suficiente la tierra y la reblandecieron lo que ayuda al transitar del carruaje. A causa de las recientes lluvias no se levanta casi nada de polvo, lo que ayuda a los viajeros a tener mejores condiciones de viaje.

La jornada además de larga, ha empezado muy temprano para los que viajan esa madrugada en el carruaje, y ha sido difícil debido a que el viaje inició apenas pasada medianoche, desde la aldea Chicovix, hacia la ciudad de Quezaltenango.

Su primera parada fue en la ciudad altense y ahora van rumbo al poblado de San Juan Ostuncalco.

Siguen avanzando en medio de la oscuridad, alumbrados apenas por el par de faroles de latón, uno a cada lado del landó, que iluminan débilmente el camino. Este está flanqueado por hermosas pinadas en donde el viento susurra suavemente por las copas de los pinos más altos, trayendo a los viajeros ese suave olor a trementina que hace evocar las reuniones familiares y las fiestas patronales. De vez en cuando se escuchan aullidos de coyotes cerca del camino, que huyen al oír el ruido provocado por el coche y los gritos.

Rafael, que así se llama el conductor, con la pericia de un experimentado cochero y, además, como un gran conocedor de todo lo que se refiere a los caballos, desconociendo donde acabará la jornada, dosifica las fuerzas de Sultán y Bonito, hermosos percherones importados de Illinois.

El auriga conoce bien esos tortuosos caminos, hechos más para tránsito de mulas y de carretas de carga que para un landó, pero a pesar de ello conduce el carruaje con firmeza y seguridad.

El carruaje con sus pasajeros está por llegar a San Juan Ostuncalco, poblado de unos ocho mil habitantes, el cual dista como a tres leguas de Quezaltenango, desde el camino de Las Ovejas.

Van a una urgente y delicada diligencia, la cual esperan llevar a feliz término para regresar de inmediato a la ciudad. El auriga, cada poco, estimula a las fieles bestias.

—¡Vamos, Sultán! —grita con ánimo y energía—. ¡Eso es, Bonito!

Rafael Fernández, quien está por cumplir treinta años, es un consumado jinete, es el caballerizo de la familia Aparicio; maestro de jinetes, de caballerangos y entrenador de caballos.

Los que le conocen le admiran por el profundo conocimiento que tiene sobre los caballos y la experiencia acumulada desde temprana edad.

Es tal la admiración y lo que este hace con los caballos que algunos de sus discípulos creen y comentan entre ellos, con admiración, que Rafael hasta conversa con los caballos. Sostienen que él y los caballos se entienden a la perfección. Algo debe haber de cierto.

Rafael tiene poco más de dos años de estar trabajando con la familia Aparicio y planea regresar en el momento oportuno a Sevilla, donde dejó a su esposa e hija. Antes de partir, dejará instruidos a otros futuros caballerizos, caballerangos y jinetes.

Como llegó bien recomendado por conocidos y familiares de la familia Aparicio en España, y por su sabio proceder durante la estancia en el Nuevo Mundo, la familia le tiene mucha confianza. Debido a eso, aunque no es su trabajo, conduce el carruaje esa noche y a la vez cuida de la integridad física de los pasajeros del landó.

Toda la familia directa de Rafael es de ascendencia andaluza, de ahí su carácter valiente, abierto y franco. Sus ancestros nacieron y fueron criados entre caballos, y transmitieron ese conocimiento a los herederos.

La familia Aparicio espera, por medio de Rafael, enseñar a jinetes y entrenar caballos que puedan ser dignos ganadores en los eventos hípicos del hipódromo de Quezaltenango. En el proyecto han estado muy ilusionados y han estado trabajando ya por un tiempo.

Rafael se protege de las inclemencias del tiempo con una gruesa capa y un sombrero de fieltro de ala ancha.

Lleva junto a él, asegurado en su asiento, un rifle Winchester, y en su cintura, un revólver Remington calibre 38.

Va armado por cualquier eventualidad que se puedan encontrar en esos inhóspitos y desolados caminos: ladrones, salteadores o coyotes, sobre todo a esa hora.

Aún falta mucho para que se levante el astro sol, por lo que campea una oscuridad como una extendida sábana negra, la cual, debido al estado de ánimo de los que viajan en el landó, la hace parecer muy lóbrega y sombría.

Siguen abriéndose paso a través del camino por medio de la luz que emiten los faroles, uno a cada lado del carruaje. Aunque es poca la iluminación que aportan, permiten cierta visibilidad, pero para la excelente vista de Rafael y su conocimiento del terreno son más que suficientes; además, él confía en las nobles bestias. Vienen a la mente de Rafael recuerdos de las innumerables ocasiones en que su padre y su abuelo le compartían sus conocimientos y experiencias con los caballos. Rememora que en una ocasión le hablaron sobre el *capetum lucidum*. Veterinarios les habían explicado, durante una reunión de dueños de cuadras y sus empleados, que se trata de una curiosa capa de tejido, como un pergamino, situada en la parte posterior del ojo, y que, actuando como un espejo, refleja los rayos luminosos. Por ello, los caballos tienen mejor visión en condiciones de escasa luminosidad. Cuánto habría él agradecido tener también esa membrana, sobre todo, en ocasiones como esta.

Dentro del vehículo, el cual se bambolea frecuentemente debido a las irregularidades del camino, va doña María de los Dolores Rivera Ferrer de Aparicio.

Doña María lleva sombrero, un vestido de falda larga que le cubre hasta el cuello, con una pañoleta en el pecho, de largas muñequeras, y sobre sus hombros lleva un grueso chal de lana.

Protege sus manos de finos dedos del frío con guantes blancos y sus pies con botines de correa y de tacón mediano.

A la par va su hermano Antonio, quien la toma cariñosamente de la mano izquierda, cuando percibe el temblor en las manos de doña María, cuando esta se las entrelaza nerviosamente. Antonio va vestido con traje oscuro, porta un bombín, lleva una gruesa bufanda y calza zapatos negros con lengüeta hasta el tobillo.

Antonio es un joven y aplicado estudiante de Derecho que, en esta ocasión, hace su mejor esfuerzo para calmar el alma atribulada y angustiada de su querida hermana.

Doña María va con el corazón estrujado por la pena, el dolor y la desesperación de saber que la vida de su amado esposo pende de un delgado y frágil hilo.

—Cálmate, Lola; ten confianza y ánimo —le dice con calmada voz Antonio, a pesar de la angustia que también le embarga a él—. Verás como con el favor de Dios todo saldrá bien.

—Esa es mi oración y mi esperanza —le responde doña María con voz trémula, dejando escapar un largo suspiro—. Mi esposo no merece estar pasando por estas tribulaciones y penas. Es un hombre muy trabajador y esforzado, y ha hecho mucho por la ciudad donde nació, y a la que tan entrañablemente ama. Pero debemos hacer lo mejor de nuestra parte para llevar el negocio que traemos entre manos a feliz término.

Doña Lola, como es conocida dentro de la alta sociedad quezalteca y por la población en general, es una joven mujer que el mes de junio recién pasado cumplió treinta y un años.

Es una abnegada esposa y además madre de cinco hijos. Es una mujer muy valiente, atractiva, talentosa, de estatura media, constitución delgada y cabello castaño. Ha viajado por diferentes partes del mundo; y debido a su inteligencia y perspicacia los allegados le dicen *Rosa Salomónica*, lo cual ya dice mucho de ella.

Encontramos en el camino ahora a esta joven mujer a quien las fuerzas de la fatalidad, o de un cruel destino, la han orillado a emprender un dura y riesgosa tarea para salvar a su familia en esta ¡desdichada noche!

En cuanto a su familia, ella es hija del licenciado en farmacia don Antonio María Rivera y de doña María Ignacia Ferrer Peláez, dueños de una botica y de un portal, frente al portal de Sánchez y a la comandancia de armas.

Doña María de los Dolores *Lola* Rivera está casada desde hace casi quince años con don Juan José Aparicio Mérida.

Apenas unas horas atrás, se encontraba doña María felizmente en compañía de su esposo, de sus hijos y otros familiares, disfrutando de una visita de temporada a una de las propiedades de la familia: la estación del alumbrado eléctrico, ubicada en la aldea Chicovix.

Un telegrama que llegó a la estación el día anterior a las diez de la mañana fue el inició de una carrera contra la muerte.

2

Santo y seña

Dos días antes
A altas horas de la noche

Todos los convocados a una reunión calificada de interés nacional, para tratar sobre el peligro en que decían algunos que estaban las libertades individuales, fueron llegando uno tras otro.

Tomaron cada uno de ellos, las precauciones necesarias: sabían que sus vidas podían estar en peligro en caso de filtrarse cualquier información o de cometerse la menor indiscreción.

El punto de reunión acordado fue en la cuchilla conocida como Las Siete Esquinas, en una finca urbana propiedad de la familia de don Marcelino Ovando.

Los dueños de la propiedad tomaron las debidas precauciones para que en el exterior no hubiese ningún tipo de alumbrado, para garantizar el anonimato de los que fuesen llegando.

La finca cuenta con más de una manzana de terreno. Partiendo del este de la propiedad se puede llegar al *boulevard* La Independencia y partiendo del este con dirección norte se llega a La Joyita.

Desde el norte y el sur de la propiedad, tomando dirección oeste se puede ir hacia la calle real de San Nicolás, pasando antes por la calle de los Montepíos si se inicia el recorrido desde el lado sur.

La mayor parte de la propiedad no tiene edificaciones y la parte construida, con paredes de adobe, techos de teja y pisos de madera, es ideal para reunirse, pues en caso de emergencia tiene diferentes salidas, por tres de los cuatro costados.

Debido a que familiares y algunos amigos de los conjurados tenían pormenores de la reunión, estos no durmieron esa noche, pasaron la noche y la madrugada en vela, en un ambiente de tensión, esperando la tormenta que se avecinaba.

El objetivo de la reunión, fijado por los que citaron, fue prepararse para tomar por asalto, el cuartel de artillería y secuestrar al siniestro jefe político y comandante de armas. Y de esta manera dar un golpe de mano.

El jefe político es el coronel Roque Morales, quien tiene poco tiempo en el puesto, pero que ya ha dado evidencias de sus ambiciones, de su verdadero carácter y temperamento.

En la puerta de entrada al lugar de reunión estuvo un hombre vestido con una larga capa negra, con el cuello de esta levantado hasta las orejas, con una bufanda que le cubría hasta arriba de la nariz, y portó todo el tiempo un sombrero de ala ancha, que le llegaba casi al filo de los ojos.

Estuvo este debajo del dintel de la puerta y fue imposible distinguirle el rostro, apenas en medio de la penumbra podía divisarse el revólver que portó todo el tiempo con firmeza en la mano derecha.

Con voz un poco fingida, fue recibiendo a todos, uno por uno, preguntando a cada uno antes de entrar el santo y seña acordado para esa ocasión.

—¿Santo y seña? —eran las únicas palabras que pronunció a los que fueron llegando.

—¡Los tiranos caerán! —respondió sin vacilar cada uno de ellos.

—Pasad —le dijo a cada uno de ellos al recibir la respuesta correcta, y acompañaba las palabras con un leve movimiento de cabeza hacia su derecha, indicando de esta manera a dónde debían dirigirse. Mientras, con la izquierda levantada hizo señas para que cada uno esperase su turno para pasar.

Así fueron entrando cada uno de los conjurados. Mientras tanto, pudieron verse circular por el patio sombras de aspecto siniestro, debido al sigilo con que se condujo cada uno de ellos y a la semipenumbra existente producida por un débil y parpadeante farol que los acompañó tímidamente durante la reunión.

Esas *sombras siniestras* resultaron ser nada menos que algunos de los partidarios del licenciado Próspero Morales, los cuales se reunieron esa noche para planificar un ataque al cuartel de artillería y tomarlo por la fuerza.

Luego de llegar a acuerdos, la dirección del ataque se le encomendó al comandante Manuel Sánchez.

Pasada la medianoche, a primera hora de la madrugada, se hizo presente en la casa un personaje al que los presentes trataron con respeto y cortesía; lo que denotaba que era un individuo con poder e influencia. Cuando este ingresó, cerraron la puerta de entrada y colocaron una tranca para mayor seguridad.

—¡Buenas noches para todos! —les dijo animadamente a los reunidos luego de llegar—. ¡Tengo algo que comunicarles!

Sin más, inmediatamente lanzó a los conjurados una arenga relacionada con los actos anticonstitucionales, según decía, del presidente Barrios. Para terminar, les comunicó minuciosamente los detalles del ataque que se llevaría a cabo a partir de las cuatro de la mañana.

El visitante les dijo que la señal para dar inicio al movimiento sería un concierto de marimba en una casa cercana, distante a tres cuadras de la reunión y cercana al cuartel, en la residencia propiedad de la familia de apellido Mazariegos. Les dijo, además, que al mismo tiempo de iniciarse el concierto quemarían una gran cantidad de cuetes para crear un ambiente de algarabía y que causaría distracción al iniciarse el tiroteo; porque se daba por sentado que el cuartel no se tomaría sin derramamiento de sangre.

El pretexto del concierto, en caso de pesquisas, sería dar serenata a una dama de la familia Mazariegos por su cumpleaños.

Cuando el orador terminó su arenga, el *embozado* se descubrió y no era otro que el comandante Manuel Sánchez.

El coronel Luis Sánchez, otro de los conjurados, a las dos de la mañana salió del punto de reunión para ir a su casa por una caja de revólveres. Misión algo peligrosa, pues las calles de la ciudad las recorrían y las vigilaban grupos de policías y algunos agentes encubiertos recién llegados que estaban al mando del coronel Miguel

González, a quien, debido a su alta estatura y delgadez, llamaban el Pararrayos.

Otros de los conjurados, cuando terminó la reunión, fueron a apostarse en las inmediaciones de la casa donde iba a ser el concierto o serenata, con el propósito de estar listos a la hora convenida, y marchar rumbo al cuartel. Sin embargo, a la hora señalada no se oyeron las notas de la marimba, que era la señal acordada, y ni un solo cuete.

En el sitio de reunión, donde quedaron algunos, y ante la inquietud por lo que estaba sucediendo, uno de los miembros de la conjura, de nombre Agustín Valderramos, se ofreció ir a la calle para averiguar qué fue lo que pasó. Pero en vez de ello, fue a notificar al coronel Roque Morales sobre la conjura.

No fue sino hasta las cinco de la mañana que tocó la marimba, pero tampoco hubo cuetes; poco después, el visitante que lanzó la arenga les comunicó, por medio de emisarios a los que pudo enviar, que habían traicionado el golpe y que cada uno se salvara como le fuera posible.

El coronel Roque Morales desde su llegada a la ciudad se hospeda en el Hotel Victoria, el cual escogió porque, aparte de las comodidades necesarias, cuenta con extensas caballerizas y está también cerca de la empresa de diligencias.

Manuel Valle se situó por la noche cerca del hotel, esperando el momento en que llegara el coronel a descansar a la hora que acostumbraba inalterablemente. Él y otros de los conjurados han sido comisionados para secuestrarlo antes del amanecer. Ellos debían aprisionarle dentro del hotel y llevarlo a un lugar secreto para tenerle bajo custodia.

A Manuel, después de larga espera, los nervios le hicieron experimentar temblores casi incontrolables en las manos, por lo que las entrelazó firmemente, y así esperó a sus colaboradores, pero la hora fijada de reunión pasó y estos no se presentaron a la cita.

Manuel esperó solitario, debajo del dintel de la puerta de entrada de una casa cercana al hotel, hasta que se cansó de esperar y se fue a su casa, casi experimentando alivio. Ignoraba el hecho de que el coronel se estaba quedando temporalmente en el cuartel de artillería.

Mucho antes del amanecer, informan al jefe político, coronel Roque Morales, de la conjura y de que esta ha sido frustrada. Incluso le comentan que detuvieron a algunos y persiguen a otros que huyeron en dirección a la plaza de armas. Gracias a la traición del chivato, empieza a girar órdenes verbales para capturar a los cabecillas y a cuantos se pueda, de acuerdo con una lista negra elaborada por los espías y los encargados de inteligencia.

Entre los que tienen órdenes de captura, están don Sinforoso Aguilar y don Juan Aparicio Mérida. El primero porque en uno de los informes dados por los espías al comandante, tienen la sospecha de que el alcalde fue quien lanzó la arenga y dio los detalles del plan para tomar el cuartel de artillería. En cuanto al segundo, no estuvo en el lugar de la conjura, pero saben que es un simpatizante del general Adolfo Fuentes Barrios. «¡Y posiblemente su financista en esta mierda de revolución!», dijo exasperado Roque Morales cuando giró las órdenes.

Enterado el coronel Roque Morales de que don Juan no se encuentra en la ciudad sino en la estación del alumbrado en Zunil, gira instrucciones al administrador de rentas, don Abel Valdés, para que lo cite con cualquier pretexto, y a que cuando se presente, le pida una fuerte suma de dinero en calidad de empréstito.

El dinero, le explica al obediente y sumiso administrador, servirá para que el Gobierno enfrente los gastos que ocasiona el levantamiento. Le indica además que, al terminar su reunión con don Juan, envíe a este con él, dando a entender entre líneas que es para apresarle.

Luego de las instrucciones impartidas al administrador, el coronel le conmina a ocultar a don Juan, sus verdaderas intenciones. Despacio y con tono amenazador le dice: «De lo contrario, aténgase a las consecuencias».

3

La estación

Un día antes
Por la mañana

Don Juan José Aparicio Mérida, se encuentra acompañado de su esposa, sus hijos y otros familiares, durante una visita de temporada en la estación del alumbrado eléctrico de Quezaltenango, ubicada en la aldea Chicovix en las inmediaciones del pueblo de Zunil. La estación eléctrica es parte de varias empresas y negocios que posee la familia Aparicio.

Don Juan, quien es oriundo de Quezaltenango, es un acaudalado y prominente hombre de negocios y cabeza de una sociedad de negocios muy importante, asentada en la ciudad altense.

Aunque es una persona sumamente ocupada y con muchas responsabilidades, se encuentra en esta oportunidad combinando el ocio con el trabajo pues aprovecha estas vacaciones de temporada en las instalaciones de la estación para supervisarla por las mañanas.

En estos menesteres está alrededor de las ocho de la mañana, conversando muy animadamente con don H. W. Potter, el gerente de la estación; con Andrés Córdova, contable de la misma, y otros trabajadores de la estación.

—Es bastante satisfactorio ver hasta dónde hemos llegado, desde que la empresa empezó a funcionar proveyendo electricidad a la ciudad de Quezaltenango con apenas ochenta focos —les comenta don Juan a los que le acompañan, mientras recorren las instalaciones.

—Don Juan, disculpe mi impertinencia, ¿cómo se formó la empresa? —interrumpe y pregunta con curiosidad el aún bastante joven Andrés, que lleva poco tiempo en la empresa, trabajando como contable, y también en la ciudad a donde llegó desde la capital del país.

Con la paciencia que le caracteriza, responde don Juan:

—Para su información, y para los demás, esta empresa fue fundada el 29 de octubre de 1887. Y fue un poco después de que la Municipalidad de Quezaltenango, llegó a un acuerdo con el ingeniero Juan Luis Buerón, con el propósito de constituir una empresa que proveyera energía eléctrica al municipio —les narra don Juan—. A falta de pisto, el ingeniero propuso capitalizarla mediante la venta de bonos a futuros inversionistas. Para esto se firmó un contrato entre la Municipalidad y el ingeniero; y se pusieron a disposición del público los bonos. Para nuestra fortuna, la familia contaba con fondos suficientes para comprar una cantidad importante de los bonos, lo cual se hizo.

»Con el dinero que se obtuvo a través de los bonos, el ingeniero compró estos terrenos contiguos al río Samalá; y con el resto del pisto importó el equipo necesario para finalmente poder construir la hidroeléctrica.

»Sin embargo, al ingeniero le fue imposible cumplir con el compromiso financiero, por lo que, ante lo perentorio de su situación, le vendió la parte de su empresa con todos sus activos a mi familia.

»Finalmente, la empresa empezó a funcionar formalmente a partir de marzo de 1889, cuando se inauguró el servicio eléctrico con ochenta focos. Para nuestra satisfacción, la ciudad de Quezaltenango fue, a partir de ese momento, la primera en Centroamérica que tuvo alumbrado público en la plaza de armas, en el palacio municipal y también en la casa de mi familia, por estar esta en las inmediaciones de la plaza.

Y así, mientras corre el tiempo y siguen con el recorrido por las instalaciones, van conversando y al mismo tiempo analizando posibles planes de desarrollo y expansión. Son alrededor de las diez de la mañana, cuando son interrumpidos por Ignacio el telegrafista, quien, al llegar cerca de ellos, alzando la voz, les dice:

—¡Disculpen la interrupción, señores, pero acaba de llegar un telegrama urgente para don Juan!

—¿¡De parte de quién, Ignacio!? —inquiere el aludido con extrañeza y sorprendido ante la abrupta interrupción.

—Es de don Abel Valdés —le informa el telegrafista—. Me pidió que le diga que es urgente.

—Dame acá, muchas gracias —le dice tomando el papel que le extiende el telegrafista mientras arquea ligeramente las cejas—. Discúlpenme, señores, debo dejarles por un momento, voy a leer para ver de qué se trata y luego seguimos con el asunto que estamos tratando.

Los demás, repuestos de la interrupción, asienten y siguen caminando por las instalaciones y conversando entre ellos. Mientras tanto, don Juan se acomoda debajo de un árbol de eucalipto que esta frente a la puerta de ingreso del cuarto de máquinas, y, a la sombra y fragancia de este, lee el telegrama.

En el mensaje que le envió don Abel, le comunica a don Juan que el coronel Roque Morales, necesita verle con urgencia para un asunto de mucha importancia. Le pide que antes de presentarse con el jefe político pase con él para ponerle al tanto de unos pormenores muy importantes y que, si le es posible, acepte su invitación a almorzar.

El día anterior, cuando el sol declinaba, llegó la noticia a los que permanecen en las instalaciones de la estación de que ese día, en San Marcos, el vecindario junto a tropas rebeldes se había levantado en armas en contra del gobierno del general Reina Barrios, de quien muchos ciudadanos dicen que es un déspota y un tirano; también llegó el rumor de que los alzados planean dirigirse hacia Quezaltenango.

Por ello, a pesar de que don Juan tiene conocimiento del levantamiento en armas, y con la confianza del que no tiene nada que temer, porque nada malo ha hecho, se dispone con la prontitud que maneja todos sus negocios y responsabilidades, a presentarse sin ningún recelo, primero con el administrador y posteriormente con el coronel Roque Morales.

Don Juan deja la acogedora sombra, se acerca a sus acompañantes y les comunica que debe atender con premura un asunto en la ciudad. Se despide de ellos y les dice que, al otro día por la mañana seguirán conversando sobre los planes que quedaron en el aire. Mientras se encamina a la casa patronal, para informar a su esposa y recoger unos enseres, pide a uno de los mozos que le ensille su caballo, para salir con la mayor brevedad posible hacia Quezaltenango.

Al estar lista la montura, se despide de la familia, que están fuera de la caballeriza junto a él, y les dice que regresará lo más pronto posible. Les dice que al pasar por la casa en la ciudad les llamará por teléfono. Antes de salir, Rafael, el caballerizo, se acerca y le pregunta:

—¿Quiere que le acompañe, don Juan? La situación de la revuelta puede agravarse y usted puede necesitarme —le dice con cierto aire de preocupación—. No sabe uno que puede encontrarse en estos caminos.

—No te preocupes, Rafael. Lola y los niños pueden necesitar algo, por lo que prefiero que estés acá con los demás muchachos —le responde con tono tranquilizador—. No creo encontrar inconvenientes.

Luego de darle suavemente un par de palmadas de aprecio a Rafael en el hombro derecho; don Juan se acerca a su caballo, toma las riendas que le ofrece el mozo y ágilmente monta su caballo. Ya acomodado en la montura se aleja mientras le dice al andaluz:

—Antes del anochecer estaré de vuelta, mientras tanto te encargo a mi familia.

—Despreocúpese, ¡vaya con Dios!

4

Quezaltenango

> Un día antes
> Mediodía en adelante

Quezaltenango es la cabecera del departamento del mismo nombre; es una ciudad edificada sobre el pliegue de un valle y está rodeada de elevadas y hermosas cordilleras.

La ciudad está emplazada en el altiplano del occidente de Guatemala, sobre a más de siete mil pies de altura y cuenta con más de treinta mil habitantes. Es la cuna de la familia Aparicio y sede desde donde administran sus negocios desde hace más de cien años.

Al llegar don Juan a Xela, como los vecinos llaman familiarmente a la ciudad, poco después del mediodía, debido a lo apremiante del telegrama, sin perder tiempo se dirige al edificio de la Administración de Rentas, para hablar al respecto con don Abel Valdés, el administrador. Cuando llega al edificio de rentas deja atada afuera su cabalgadura y, con paso firme, se encamina al interior.

Don Abel, el administrador, es un hombre entrado en años y algo rechoncho. Posee una calva incipiente, es de carácter apacible y un tanto nervioso. Se encuentra en su despacho, donde hay una bandera de Guatemala en una de las esquinas, atrás del escritorio del despacho; en la otra una papelera de cinc completamente llena. El laborioso administrador está sentado, en una silla de pino, trabajando sobre un rústico y destartalado escritorio del mismo material que la silla. Se encuentra hurgando entre una pila de papeles, rodeado de varios documentos, libros de contabilidad, tinteros, canuteros, plumas y secantes.

Cuando le informan de que don Juan está presente en la administración se pone de pie y, asomándose por la puerta, le hace pasar prontamente.

—¡Buenas tardes, don Abel! —le dice el visitante al ingresar al despacho.

—¡Buenas tardes, don Juan, pase adelante! —le responde el administrador evidentemente nervioso, evitando ligeramente el contacto visual y extendiéndole la mano derecha.

—Muchas gracias —le responde don Juan estrechando la mano que le han extendido y quitándose el sombrero con la mano izquierda.

Luego del saludo y del estrechón de manos don Abel le dice:

—Por favor, tome siento.

—Muchas gracias —le dice don Juan y coloca su sombrero en un perchero que está al lado del escritorio e inmediatamente se sienta en una de las sillas del escaso y pobre mobiliario

—La noche anterior se celebró una junta de capitalistas, para enfrentar la solicitud de fondos que el Gobierno necesita para sofocar la rebelión que se ha producido en San Marcos, de la cual usted ya debe estar enterado —le comunica don Abel, sin dejar de frotarse las manos nerviosamente—. Por lo cual le solicito se sirva contribuir, en calidad de préstamo, con alguna suma de dinero para sufragar los gastos de este imprevisto.

—Sí, ya recibí algunas noticias al respecto, y sobre el dinero, por supuesto, no hay ningún problema —le responde don Juan sin reparos, aunque le parece un poco raro el nerviosismo de su interlocutor, pues regularmente no se comporta de esa manera—. Deme papel y algo para escribir, y le suscribiré un documento por la cantidad de quince mil pesos y me haré cargo de que lo más pronto posible le sea entregada esa cantidad.

El administrador inmediatamente saca una hoja de papel de una de las gavetas y toma una de las plumas con las que trabaja y le pone enfrente los enseres al visitante.

Al recibir los utensilios, don Juan se acomoda sobre el escritorio y suscribe un documento por la cantidad sugerida por él en calidad de préstamo. Luego de firmarlo se lo entrega al administrador.

—Muchas gracias en nombre del Gobierno; le haré el recibo correspondiente —le dice don Abel. Inmediatamente don Abel guarda el documento en una gaveta del destartalado escritorio y garrapatea un recibo, el cual también sella. Al mismo tiempo que se lo entrega a don Juan le dice—: Si le parece, nos vamos a comer algo, pero antes de irnos le participo que me ha dicho el coronel Roque Morales que desea hablar con usted, y que es importante lo que tiene que decirle. Me ha dicho que lo espera en la comandancia de armas.

—Le agradezco la invitación a comer, pero debo ir a mi casa, será para otra oportunidad. En cuanto al coronel, hágame el favor de comunicarle que más tarde iré a verle —le responde don Juan; quien luego de guardar el recibo en el bolsillo interior de su saco, se pone de pie y, tomando su sombrero, le confía—: Necesito también pedirle al coronel que me devuelva unos caballos que tomaron de mis establos, pero es necesario que antes pase a mi casa a asearme y a cambiarme; luego de ello me dirigiré a la comandancia.

—Ya.

—Lo veo después, don Abel.

—A sus órdenes, vaya con Dios, don Juan.

Al mismo tiempo que habla, el administrador se pone de pie y encamina a la puerta del despacho a su visitante.

Al salir a la calle, don Juan monta su caballo y se dirige a su casa, la Casa Aparicio, la cual está ubicada a escasos metros del jardín La Unión, atrás del edificio La Guatemalteca, en la tercera avenida sur, la llamada calle de los Bancos, para asearse y cambiarse de traje.

Cuando llega a su casa antes de cambiarse, pasa al comedor para degustar algo que le prepara y le sirve Matilde, la cocinera de la casa: una taza de cocido de res, acompañado con un par de tamalitos de masa dorados en un comal y, de bebida, un poco de agua gaseosa. Le ha sabido a gloria, pues desde la mañana no ha probado bocado ni bebido nada.

Don Juan, luego de comer, se dirige a sus habitaciones, que están en el segundo nivel de la casa, para asearse y acicalarse, lo que hace con prontitud. Al terminar con esos menesteres, se dispone a partir hacia la comandancia de armas, la cual queda como a unos cien metros de su casa. Va bien peinado, con el bigote recortado y lleva, como acostumbra, saco y pantalón del mismo color, camisa blanca almidonada y corbata de lazo.

Al salir de casa se detiene frente al portón principal de su casa, el cual es de doble hoja y en cada una de las cuales hay un busto en bajorrelieve en la parte superior; en la hoja izquierda está el busto de su padre, don Juan Aparicio Limón, y en la hoja derecha, el busto de su madre, doña Francisca Mérida Estrada. Arriba de las hojas del portón hay un montante de hierro forjado, decorado con figuras de vegetales y en el centro de este hay una letra A, formada artísticamente con las letras J, A y L.

De pie frente al portón saca su reloj de bolsillo para ver la hora. El reloj, de tamaño normal, es una joya de oro puro, de dieciocho quilates, con las tapas cubiertas de esmalte negro, con una carátula que es una curiosidad, pues en lugar de números tiene el nombre y apellido del propietario: «JUAN APARICIO», doce letras, una para cada hora.

De la argolla de la joya cuelga una leopoldina de seda, que tiene ajustados sus dobleces con pequeños tornillos de oro, y de cuyo extremo libre cuelga un Luis XIV.

Luego de verificar la hora camina con dirección norte hacia la comandancia, pero antes de doblar en la esquina de la calle real del Calvario, a su derecha, al este, le sale al encuentro un pequeño grupo de mal encarados y nerviosos policías.

—¿Es su merced don Juan Aparicio? —le pregunta uno de ellos con cierta animosidad.

—¡Sí, señor! El mismo que viste y calza —responde campechanamente—. ¿Qué se le ofrece?

—Don Juan, por órdenes superiores, queda usted detenido, así que sírvase acompañarnos —le dice sin más ni más el mismo policía, acercándose a él para intentar tomarlo por un brazo.

—¡Espere!, ¿tiene por escrito alguna orden de detención? —le dice don Juan en tono más serio, y añade—: ¿Por órdenes de quién?

—¡Usted obedezca! —le espeta el gendarme—. O lo llevamos a la fuerza.

Por la forma con que habla y se comporta, parece ser el que está al mando del grupo.

Entiende don Juan que, ante la situación prevaleciente y la animosidad de los policías, lo mejor es no oponer resistencia, ya habrá tiempo para aclarar cualquier malentendido y denunciar ante sus superiores la altanería de los que le detienen, hecho inusitado, pues nunca ha sido tratado de esa manera.

Decide acompañarlos; sin embargo, fugazmente un sombrío y mal presagio cruza por su frente. En ese momento se arrepiente de no haber aceptado el ofrecimiento de acompañarle que le hizo Rafael.

—Los acompañaré, pero, por favor, no me pongan mano encima —les dice tranquilamente, pero con seriedad.

Los policías acceden y el que está al mando le instruye para dirigirse a la penitenciaría, ubicada en la calle de las Ánimas, llamada así porque en el lugar que ocupa el presidio estuvo antes el cementerio de la ciudad, que se encuentra frente al jardín La Juventud.

El incidente no ha pasado desapercibido para algunos parroquianos que se encuentran afuera del restaurante La Sevillana y la cerería que está en la esquina opuesta. Se oyen algunos murmullos entre ellos y no faltó uno que dijo:

—Me voy a avisarle a la familia de don Juan de lo que está pasando.

Lo cual hace prestamente. Ignora el hecho de que en la casa solamente se encuentra parte de la servidumbre.

El edificio de la penitenciaría es una obra de piedra de estilo neoclásico. Es el decir de muchos vecinos que más que una cárcel, parece un lugar de recreación. Pero las cosas no son lo que aparentan, el interior del edificio no se asemeja nada a un lugar de descanso o de recreo.

Al llegar al presidio y después de identificarlo adecuadamente, llevan a don Juan a un calabozo vacío, en donde le tienen incomunicado por dos largas horas. Durante ese largo tiempo de espera, cavila profundamente en qué irá a parar todo este asunto, el cual por el momento no pinta nada bien. Le extraña la forma tan vertiginosa en que se han presentado los hechos de su captura. Debido a estar ensimismado en sus pensamientos y a los ruidos, con sus gritos, bromas, etc., que hacen los presos que están en otras celdas, no escucha los pasos que se acercan.

Llegan frente al calabozo, donde le tienen incomunicado, un par de soldados con un capitán de apellido Moreno al frente. Por un momento don Juan piensa que llegan a liberarle.

—Don Juan, sírvase acompañarnos, tenemos órdenes del jefe político de llevarle a hacer efectivo el documento que suscribió en Rentas —le dice sin preámbulos el capitán Moreno que está al mando de los soldados, mientras le muestra el documento, que lleva en una carpeta en la mano izquierda—. Usted dirá a dónde vamos.

—Para hacerlo efectivo iremos a las oficinas de los hermanos Koch —le responde don Juan al capitán—. Estas están a dos cuadras de la penitenciaría, pero hay que darse prisa para llegar antes de la hora de cierre. Por unos segundos pasó por la mente del detenido que este era el motivo de retenerle en el presidio: hacer efectivo el documento suscrito en la oficina del administrador.

—Como usted diga —asiente el capitán sacándole de sus cavilaciones—. Vaya usted adelante y nosotros le seguimos. —E inmediatamente ordena a los custodios abrir el calabozo.

Al salir el detenido del calabozo, todos se dirigen a la puerta de salida para poner rumbo al lugar a donde indicó y los lleva ahora don Juan.

Se dirige el detenido, seguido de la guardia, por la calle de las Ánimas con dirección levante y pasa enfrente de la parroquia del Espíritu Santo, cruza rumbo al norte y, al llegar a la calle real de San Sebastián, cruza a su mano derecha con dirección de nuevo al levante. El edificio ubicado en la esquina donde cruza don Juan, seguido de los soldados, alberga en el segundo nivel a la Central de Telégrafos de la Ciudad de Quezaltenango; luego de este está la parte trasera de la capilla de la Virgen del Rosario, parroquia del Espíritu Santo, la cual ocupa una parte de la acera, y finalmente el lugar de destino: un edificio de tres pisos que alberga en el último de estos a una universidad.

Al entrar a las oficinas de la compañía Koch Hnos., la cual, entre sus actividades comerciales, provee financiamiento a los productores de café, los personeros de esta se inquietan por la presencia inusual de los soldados. Pero cuando don Juan solicita los quince mil pesos, presentando el documento con su firma, asumen los personeros que los soldados le acompañan por seguridad debido a la suma de dinero y a las noticias recién recibidas sobre la revuelta en San Marcos. Aunado esto a que don Juan no va esposado y también a que hace menos de tres horas pasó a su casa para asearse y cambiarse, se le ve limpio, fresco y con serenidad, como es natural en él. Así que, sin reparos ni contratiempos, le proporcionan la cantidad solicitada.

Con el dinero ya en poder de don Juan, el capitán y los soldados escoltan a este a la administración de rentas para que se lo entregue a don Abel Valdés. Sin embargo, no es él quien recibe el dinero, sino uno de sus asistentes.

Cumplimentada esta diligencia, el capitán da la orden de regresar a la penitenciaría. Al llegar a esta, ahora ya un poco sobresaltado, don Juan solicita al jefe del grupo tener una audiencia con el coronel Roque Morales, o hablar con este vía telefónica. El capitán Moreno accede a llamar a su superior por teléfono para dar el encargo. Pero luego de menos de media hora, regresa a comunicarle que el coronel está ocupado y no puede hablar con él. No le dice la verdad a don Juan: se niega a verle o a hablar con él.

Ante la imposibilidad de conseguir audiencia con el coronel Morales, don Juan, por medio de los familiares y amigos que se han presentado en la penitenciaría, notificados estos por algunos de los vecinos presentes en la captura de don Juan, envía un telegrama urgente al presidente de la República haciéndole ver su situación.

Poco tiempo después llega la respuesta del presidente, por la misma vía:

Casa presidencial, septiembre ocho de mil ochocientos noventa y siete.

A: Juan Aparicio

Enterado de su telegrama; se le involucra a usted de estar en conexión con el general Fuentes. No obstante, eso daré orden para que se le ponga en libertad y se le prohíba que se mueva de esa cabecera.

Reina Barrios.

Al recibirse el telegrama, don Antonio Rivera, su hijo, del mismo nombre, y varios amigos, llevando el telegrama en su poder, se dirigen a la comandancia de armas a solicitar la inmediata liberación de don Juan. En la comandancia les informan de que el jefe político se encuentra en el cuartel de artillería. Con prontitud, se dirigen al cuartel. Vano esfuerzo e intento: los captores intelectuales, Roque Morales y subalternos, no hacen honor a la promesa dada por el presidente. Les indican a los intercesores que darán la libertad a los detenidos, solamente con orden directa y expresa del presidente al comandante de armas.

—¡Lejos estábamos de sospechar la maldad y la perversidad que hay en el corazón del coronel

Roque Morales! —comenta a sus acompañantes don Antonio padre al salir del cuartel—. Este telegrama devela la intriga: no tienen ningún reparo en quitarse la careta con que se han cubierto, manifiestan, por un lado, el deseo de venganza, porque no les ha caído en gracia que alguien pueda libre y legalmente, ejerciendo sus derechos constitucionales como todo ciudadano, apoyar a un candidato opuesto al régimen; por otro, el deseo de manifestar que tienen el poder y el mando; y, por último, posiblemente el afán de riqueza a costa del peculio de un tercero.

—Parece que han enviado este telegrama con el propósito de engañar y confundir —comentó otro de ellos—. O de darle largas al asunto. ¡Debemos estar alertas!

5

Levantamientos

Septiembre de 1897

El gobierno del presidente Reina Barrios, debido a la impopularidad ganada por sus constantes arbitrariedades, innumerables desatinos y actos inconstitucionalidades, enfrentó durante el año de 1897 diversos levantamientos.

El primero de ellos fue en enero: el día veintiocho el territorio guatemalteco fue invadido desde el Oriente, por un grupo de revolucionarios compuesto de alrededor de ciento cincuenta hombres. Estos invasores iban armados con rifles Remington, Winchester y con algunos rifles de origen francés de marca Lebel.

Inmediatamente que el Gobierno supo del asunto, envió tropas para contener a los invasores. Las tropas gubernamentales les dieron alcance el 2 de febrero en la zona montañosa de Las Granadillas. Luego de un intenso combate, los invasores fueron derrotados y sus líderes: Tadeo Trabanino, Braulio Martínez, Juan Vargas y Anselmo Fajardo, fueron apresados, juzgados y fusilados el mismo día.

Los rebeldes que escaparon huyeron rumbo a El Salvador y posteriormente instituyeron una junta preliminar de Gobierno, la cual se pretendía que la dirigiera el capitán y maestro José León Castillo.

José León Castillo confesó que había estado en comunicación con Tadeo Trabanino, quien fue el principal líder de la revuelta; debido a eso fue detenido y puesto preso, pero tras un juicio que se celebró a causa de su supuesta complicación, se determinó su inocencia y quedó en libertad. A pesar de ello, el seis de mayo del mismo año Reina Barrios le nombró jefe político y comandante de armas de Chiquimula; seguramente pensando en estas palabras: mantén a tus amigos cerca, y a tus enemigos aún más cerca.

El 1 de junio de 1897, el general Reina Barrios envió un telegrama, a los jefes políticos y alcaldes para hacerles saber de la decisión que había tomado, de extender su mandato; pero León Castillo transmitió un mensaje diferente a sus subordinados. Posteriormente, el diputado Rosendo Santa Cruz y el telegrafista Antonio Monterroso, quien llegó a verle a lomos de una mula prestada, informaron a Castillo de que el presidente iba a destituirle y a enviarle a la penitenciaría central, pues estaba enterado de sus intenciones presidenciales.

José León Castillo con diez mil pesos plata que había logrado reunir, entregó el puesto y huyó a El Salvador. Le acompañaron en ese viaje Rosendo Santa Cruz, Antonio Monterroso, el capitán Salvador Cuéllar, Mateo y Vicente Paz Pinto y los cadetes Salomé Prado y Rodolfo Tinoco.

Para ese entonces el jefe militar del occidente de El Salvador era el general Tomás Regalado, antiguo compañero de estudios de Castillo en Guatemala. Por lo que cuando León Castillo solicitó su ayuda, se la proporcionó sin pedir el consentimiento del presidente Rafael Gutiérrez. De esta forma, Castillo obtuvo ciento cincuenta hombres, que estaban al mando del general José Rodríguez de Santa Ana, y como pertrechos: 175 rifles y 12 000 cartuchos. Con lo cual se aprestó para ingresar a Guatemala en una fecha propicia.

El 7 de septiembre de 1897, un movimiento armado estalló en la plaza de San Marcos. Serían las tres y quince minutos de la tarde cuando, alrededor de la plaza de San Marcos, se vieron grupos de hombres caminar apresuradamente. Uno de ellos estaba formado por el coronel Salvador Ochoa, el coronel Víctor López y un señor de edad madura llamado Timoteo Lima, los tres se dirigieron a paso vivo al cuartel de la ciudad, el cual estaba custodiado por trescientos soldados. Cuando llegaron a la entrada del cuartel encontraron al jefe de la guardia, quien les cedió el puesto cuando los oyó gritar: «¡Ríndanse! ¡Viva la revolución!». Testigos dicen que estaba muerto de pánico ante el arrojo y la presencia de aquellos hombres audaces.

Así empezó la revolución, sin un solo disparo. Los audaces revolucionarios, envalentonados y acompañados de don Alejandro Bermúdez, director de la tipografía *La Democracia,* se dirigieron a la cárcel de hombres gritando: «¡Viva la revolución!». «¡Abajo el tirano!».

Llegaron a la cárcel acompañados de algunos tipógrafos que se sumaron al pequeño grupo inicial. Asaltaron la prisión y, rompiendo las rejas, liberaron a los presos; a los cuales armaron con las armas que les quitaron a los custodios.

Casi al mismo tiempo, tomaron también la administración de rentas y la oficina de telégrafos.

Un poco más tarde se formó un triunvirato con el propósito de dirigir la incipiente revolución.

Este quedó formado por el general Adolfo Fuentes Barrios, el coronel y licenciado Próspero Morales y por el licenciado Feliciano Aguilar, presidente de la Asamblea Legislativa que disolvió el presidente Reina Barrios.

Al mismo tiempo, otro grupo más numeroso encabezado por Francisco Martínez Barrios y Mariano Barrios Escobar, se dirigió a San Pedro Sacatepéquez.

Se inició así un movimiento revolucionario, que tenía el propósito de derrocar el gobierno dictatorial e inconstitucional de José María Reina Barrios. Luego de las tomas de las plazas en San Marcos y San Pedro los revolucionarios se dirigieron rumbo a Quezaltenango el día siguiente. La fuerza militar debidamente organizada se componía de cuatrocientos hombres, con el general Adolfo Fuentes Barrios al frente.

A raíz del descontento manifestado en los ciudadanos por una serie de decisiones del Gobierno durante los últimos meses, las comandancias militares se encontraban en alerta, vigilantes y atentos a los movimientos de los pobladores.

Debido a las noticias recibidas por el cuerpo de espías sobre movimientos sospechosos, tanto en San Marcos como en Quetzaltenango, antes del ocaso del día siete de septiembre, en la comandancia de armas se encontraba el coronel Roque Morales junto al coronel Miguel González, el coronel Pioquinto Alvarado, el coronel Julián Ozaeta y otros oficiales subalternos, en una reunión. Estaban analizando la información que inteligencia militar y policial les había hecho llegar respecto a los enemigos del régimen. Estaban en alerta por lo que pudiera presentarse en Quezaltenango.

El coronel Roque, de pronto, le dijo al coronel Ozaeta—: Salgamos un rato al balcón a descansar un poco, a estirar las piernas para que se aclaren las ideas. Se dirigieron a uno de los balcones con vistas a la antigua plaza de armas, ahora convertida en dos jardines: La Unión y La Juventud, que estaban separados por el portal de Banderillas con la torre del Relox en el centro.

—¡Qué bonita vista! —exclamó el coronel—. Y se ve mejor de noche, porque de día la afean esos dos viejos portales.

—¿Cuáles, mi comandante? —le preguntó Ozaeta. Sabía cuáles eran, pero siempre buscaba congraciarse con su superior.

—Ese al norte de la plaza que se llama portal de Sánchez —le responde el coronel Morales, mientras que con la mano derecha se los señala—, y el que está al costado norte del palacio municipal, creo que ese se llama portal de Anguiano—. En mi última charla con el alcalde municipal y el párroco me comentaron que la Municipalidad ya les pidió a los propietarios que los demuelan, porque afean el centro de la ciudad.

—Tiene razón, coronel, esos viejos portales desmerecen la arquitectura de la plaza.

En estos comentarios se encontraban, cuando se presentó a la puerta del balcón un asistente del coronel, quien luego de cuadrarse y saludar dijo:

—¡Hay un parte urgente para el coronel, viene de la comandancia de San Marcos!

—¿Qué sucede, oficial? —preguntó Roque visiblemente alarmado.

—¡Los revolucionarios iniciaron después del mediodía las hostilidades en San Marcos! —le responde—. ¡Y me informaron que están por tomar por completo la plaza de San Marcos; y han amenazado con cortar las comunicaciones!

—¡Comuníquense inmediatamente con el ministerio de Guerra! —vociferó Roque—. ¡Háganle saber lo que está pasando al señor viceministro!

—¡A la orden, mi coronel! —dijo el asistente. Y luego de cuadrarse y taconear se retiró a cumplir con las órdenes.

—¡Nos vamos para el cuartel de artillería! —les dijo Roque con agitación a los oficiales—. ¡Allá estaremos más seguros y mejor preparados!

Fue así como desde antes del anochecer, el coronel, con su plana mayor, instaló un comando de campaña en el cuartel de artillería. Hizo llamar al coronel Miguel *el Pararrayos* González y giró órdenes para que se preparara un contingente de soldados para salir rumbo a San Juan en caso de ser necesario. Instruyó al coronel Ozaeta para que pusiera al mando a unos de sus subalternos al mando de ese contingente y a que esperaran órdenes para que, de un momento a otro, salieran a reforzar a las fuerzas del comandante de la plaza de San Juan, anticipando que los revolucionarios pasarían por ese lugar.

Al llegar los levantados en armas a San Juan, alrededor del mediodía del 8 de septiembre, se dio el primer combate, entre revolucionarios y fuerzas gubernamentales. Fueron muchos revolucionarios los que murieron bajo las balas de las tropas oficiales. Durante la batalla murió el capitán Marcelino Ovando cuando ofrendando su vida, se interpuso entre el general Adolfo Fuentes Barrios y una bala que iba dirigida a este, la cual disparó a quemarropa el mayor de esa plaza, que combatía junto a las tropas de refuerzo que envió Roque.

Sin embargo, las tropas revolucionarias prevalecieron e hicieron huir a las fuerzas oficiales. Victoriosos y animados los revolucionarios, se dispusieron finalmente para invadir la ciudad de Quezaltenango. Pero decidieron esperar a que llegaran refuerzos y, además, a reunir suficientes pertrechos de guerra.

Preventivamente dejaron la plaza de San Juan, levantaron un campamento cerca de allí, bajo el cobijo de una pinada; y, ya instalados, planificaron avanzar, ya fortalecidos, en dos o tres días. Todo esto fue el preámbulo para los acontecimientos que más tarde se desarrollaron en Quezaltenango.

6

El cuartel de artillería

Un día antes
9:30 p. m. en adelante

El cuartel de artillería está ubicado en la calle real de San Nicolás, al norte de la plaza de armas, a un costado de la plaza también nombrada San Nicolas.

En esta plaza se encuentra la iglesia de San Nicolás de Tolentino, la cual, desde el año de 1892, finalmente, cuenta con párroco, y al lado oeste de la iglesia se encuentran el Instituto Nacional de Varones de Occidente y el mencionado cuartel. Frente al atrio de la iglesia y el cuartel se encuentran una pila pública y el monumento al Sexto Estado.

El cuartel de artillería y el edificio del Instituto Nacional de Varones están separados por la calle de la Compañía de Jesús o del Hospital.

En este cuartel se almacenan todas las armas que utiliza la unidad de artilleros, y cuenta también con oficinas para los oficiales, dormitorios y algunos calabozos, aparte de otras facilidades; debido a la importancia militar y estratégica cuenta con servicio telefónico y de telégrafo. Por todo ello el comandante de armas, desde que supo de la revuelta se ha instalado en este y lo ha hecho su centro de mando.

Poco después de las 9:30 de la noche, sale de la penitenciaría un pequeño grupo de policías al mando del capitán Moreno, custodiando a don Juan

Aparicio, a quien llevan rumbo al cuartel de artillería.

Salieron a esa hora posiblemente para aprovechar el silencio, la penumbra de la noche y evitar así molestos testigos; aunque familiares y algunos amigos están afuera de la penitenciaría, pendientes de la seguridad del detenido. Cuando ven salir al grupo e identifican entre ellos a don Juan, siguen al grupo a una distancia prudente para evitar inconvenientes.

Es necesaria la prudencia, conversan en voz baja entre ellos, casi en susurros, para garantizar la vida de don Juan. Y así los dos grupos suben por la cuesta de San Nicolás hasta llegar al cuartel donde el coronel Roque Morales espera al detenido y sus escoltas. Cuando el primer grupo llega al cuartel e ingresa, los que le siguen se detienen siempre a una prudente distancia para deliberar y tomar un curso de acción.

El grupo de policías al ingresar al cuartel se dirige directamente al primer patio; donde la tropa insulta al detenido y se burla de él.

—¡Miren, muchá, traen un catrincito! —grita uno.

—-¡Aquí va a dormir bien acompañado de las pulgas! —grita alguien mientras otros soldados se ríen a carcajada abierta y otros siguen profiriendo insultos.

Al llegar frente al calabozo asignado, el detenido, antes de entrar, se detiene en la puerta y, con voz trémula, le dice al capitán Moreno:

—Capitán, hágame el favor de decirle al coronel Morales que necesito hablar con él.

El capitán le responde:

—¡Espere, don Juan! Tenga paciencia, voy a llevarle su recado al coronel Morales. Si él lo cree conveniente, con toda seguridad le hará llamar. Para evitarse contratiempos, entre a su celda antes de que estos guardias se encabronen.

Así que don Juan no tuvo más remedio que ingresar al calabozo y a esperar ahí noticias de la decisión del coronel sobre su petición.

Roque Morales antiguo jefe de policía durante el mandato del general Justo Rufino Barrios, llegó a Quezaltenango con el nombramiento bajo su brazo, como jefe político y comandante de armas hace pocos días. Circula el rumor de que le dieron la posición por recomendación del licenciado Manuel Estrada Cabrera, ministro de Gobernación de Reina Barrios.

Según dicen algunas malas lenguas, él mismo Cabrera, a lomo de mula, salió a encaminar al general Roque Morales hasta las afueras de la ciudad capital a las goteras de Mixco. Y añaden que, durante el trayecto, Cabrera instruyó al coronel sobre tener cuidado de dos personas peligrosas por sus influencias en la ciudad de Quezaltenango: don Juan José Aparicio hijo y don Sinforoso Aguilar, alcalde de la ciudad y antiguo diputado de la Asamblea Constituyente y subsecretario de Fomento.

Cuentan las mismas malas lenguas que Cabrera le dijo a Roque: «Estos dos son como el alma del pueblo, uno por su dinero y el otro por su influencia política, son enemigos del Gobierno y son sumamente peligrosos. Si tiene algún temor, o se presenta algún inconveniente debido a los últimos acontecimientos, capture a estos dos y todo se apaciguará».

¿Cómo se sabe que eso dijo el ministro? Porque nunca faltan *pájaros en el alambre* para escuchar en todo momento, las conversaciones de los demás.

A saber, qué más le confiaría y recomendaría el ministro, al atento oído del general Morales durante el trayecto a Mixco, que este último llegó muy predispuesto sobre estas dos personas a la ciudad. Y posiblemente tramando conspiraciones.

El coronel Roque Morales, oriundo de Salamá, sin excusa alguna, siempre viste uniforme militar para hacerse notar y respetar. Es un hombre de mediana edad y ya es dueño de una notoria calvicie; ostenta una barba de perilla y un mostachón del que, de vez en cuando, atusa sus largas puntas hacia arriba, debe sentirse así un valiente oficial austriaco; aunque algunos que le conocen dicen que es todo lo contrario.

Es el decir de algunos vecinos, que el nombramiento como jefe político y comandante de armas de Quezaltenango ha despertado en Roque Morales las más obscuras, y siniestras ambiciones. Aseguran los mismos vecinos, que Roque Morales ve la oportunidad para quedar bien con sus superiores, ganarse su favor a toda costa y, por ese medio, llenar sus alforjas y hacerse de una buena posición.

Creen que Roque Morales hará todo lo que sea posible y esté a su alcance para lograr sus objetivos. Veteranos liberales de la ciudad comentan entre ellos que Roque está lejos de imaginar que sus superiores y los largos brazos del conservadurismo capitalino, lo ven como un peón del tablero, para alcanzar sus propios fines: seguramente, entre ellos, acabar con el liberalismo de Los Altos, con sus más insignes exponentes, y de una vez quitarse rivales y competencia en la política y los negocios.

El alzamiento en San Marcos y los detalles de la revolución que han llegado a su conocimiento, le han brindado la oportunidad que esperaba encontrar, aunque nunca se imaginó que fuese a tan poco tiempo de haber llegado a la ciudad de Quezaltenango.

Alrededor de las once de la noche conducen al detenido a la presencia del coronel, en su despacho provisional. Se encuentra en esta oportunidad vestido con uniforme de fatiga, está de pie, atusándose el lado izquierdo de su bigote con la mano izquierda, y sosteniendo un fuete en la derecha. El coronel, al ver al detenido, se lleva apresuradamente las manos bajo la nuca. Se restriega las manos a la altura del nacimiento del cabello, aprieta los dientes y, luego de rechinarlos, sin mediar saludo alguno, le comunica la causa de su detención:

—¡Don Juan, se le involucra a usted de estar coludido con los revolucionarios! Así que, mientras se esclarecen los hechos, permanecerá usted aquí —el coronel habla sin miramiento alguno—. Hubo un fuerte combate hoy en San Juan, por lo que, de una vez le advierto que, al primer disparo de los sediciosos en esta ciudad, usted será fusilado inmediatamente.

—¡Me declaro inocente de los cargos que se me imputan! —le responde vehementemente don Juan—. Debo aclarar que mientras se suscitaron los hechos, de los que usted me acusa sin pruebas, me encontraba de temporada en la estación del alumbrado eléctrico, en donde fui citado hoy por la mañana por don Abel Valdés para otorgar un empréstito al Gobierno, el cual ya entregué en sus manos, y además para verme con usted, atendiendo a una citación suya. Le agradeceré poder llamar a mi abogado y hablar con mi esposa por teléfono.

—¡Déjese de babosadas! —le responde airadamente Roque levantando y agitando la mano derecha—. Usted sabe que está envuelto en esta conspiración; en cuanto a lo que me pide primero, será hasta mañana; y en cuanto a su esposa, lo comunicaremos con ella dentro de un momento.

Sin decir una palabra más, el coronel, por medio de señas a sus subalternos, hace retirar al detenido. Don Juan, para evitar agravar la situación, calla y espera a ver cómo siguen desarrollándose los acontecimientos. Espera que, al hablar de su situación, con su abogado y su familia, juntos tomen un curso de acción.

A las doce de la noche suena el teléfono en la casa patronal en la estación de Zunil. Doña Lola, a pesar de lo avanzado de la hora, ha estado en vigilia, debido a que su esposo no ha regresado de su diligencia en Quezaltenango. Sobresaltada, se dirige a contestar y al levantar el auricular oye la voz de su esposo, quien trata de mantenerse tranquilo:

—Lola, ¿estás bien?

—Sí, mi amor, llamé a casa y hablé con Matilde, pero no sabe nada de ti, excepto que pasaste luego del medio día —le responde, e inmediatamente le pregunta alarmada por el tono de preocupación que nota en su voz—: ¿Qué pasa?, ¿por qué no has regresado?

—No te alarmes —le dice con calma para tranquilizarla—, pero me han detenido y me tienen preso en el cuartel de artillería, necesito que llames a nuestro abogado. En ese momento la llamada se corta, o la cortan.

Aunque sabe que es pasión de necios la prisa, intuyendo, por lo que alcanzó a escuchar, que la situación de su esposo es apremiante, doña Lola se arregla a toda prisa para salir y hace llamar a Rafael, que se presenta inmediatamente.

—¡Rafael, mi esposo está en serio peligro, nos vamos inmediatamente para Xela, directamente al cuartel de artillería! —le dice con agitación al andaluz—. Mientras haces los preparativos llamaré a nuestro abogado para juntarnos en Xela.

—He estado al pendiente —le responde serenamente Rafael—, así que podemos salir en menos de cinco minutos; el carruaje está listo y los caballos han sido alimentados y están bien descansados.

Mientras Rafael va por el carruaje, doña Lola hace un par de breves llamadas telefónicas, a su abogado y a la casa de su padre, quien le dice que él y otras personas han estado al pendiente de su yerno, que no le dijeron nada para no atribularla innecesariamente y que ellos habían intentado liberarle, pero les fue imposible.

Al terminar las llamadas, doña Lola se dirige a la puerta de la casa patronal, donde ya está Rafael con el landó listo para marcharse.

—¡Vámonos! —le dice subiendo rápidamente al coche.

Al mando del carruaje, Rafael sale a toda prisa para llevar a la esposa de don Juan hacia

Quezaltenango. Conduce lo más rápido que puede por esos malos caminos y llegan al cuartel de artillería a las doce con treinta minutos de la madrugada.

En la puerta del cuartel, doña Lola se encuentra con familiares y conocidos, a quienes se ve con caras largas y cariacontecidas por lo que está pasando, que, de una manera u otra, saben lo que estaba por llegar. Entre ellos se encuentra su padre, su hermano y su abogado. Después de saludarlos brevemente, pues no hay tiempo que perder, entra al cuartel y pide hablar con su detenido esposo, lo cual le conceden después de unos minutos.

Cuando doña Lola se encuentra con su esposo no puede dejar de sentir un profundo dolor al ver que su amado, aunque trata de mantenerse sereno, se ve agobiado por las amenazas e injurias de parte del coronel Morales y sus subalternos. Luego de abrazar fuertemente a su esposa, don Juan le dice:

—La situación se ha puesto delicada Lola, estoy muy preocupado —habla mientras la mira a los ojos y toma nerviosamente las manos de su esposa— por el giro de los acontecimientos que se han desencadenado—. El mismo coronel Roque Morales me informó de los cargos que me hizo el Gobierno y me amenazó con fusilarme si los revolucionarios hacen un solo disparo en Quezaltenango.

—Pero eso es inaudito; ¿qué tienen que ver tus preferencias políticas con los revolucionarios?

—Es lo que no entiendo, pero este hombre es un despiadado, no admite razones —dice don

Juan—. Tengo la sospecha de que hay algo más siniestro en todo esto.

—Déjame, hablaré con él —le dice ella con firmeza, levantando la barbilla—. Allá afuera están mi padre, mi hermano, don Pedro Bruni, el licenciado Joaquín Herrarte y el doctor Mariano López hijo; ellos tampoco te abandonarán en esta hora.

—¡Ten cuidado, Lola! —le dice don Juan tratando de mantener la compostura, pero el tono de su voz delata la angustia que está viviendo—. Estamos caminando sobre hielo muy delgado.

Doña Lola pide entrevistarse con el jefe político, quien acepta y da instrucciones para que la lleven a uno de los salones, en donde ha improvisado un despacho; pues no se propone salir por el momento del cuartel, donde se siente muy seguro y confiado.

Cuando doña Lola se presenta en el despacho, acompañada de sus familiares y amigos, ve al coronel que los recibe de pie, al lado de una destartalada mesa de pino, con un par de arrugados mapas encima. El coronel se encuentra con el rostro enrojecido a causa de la ira contenida, tiene las manos sobre las caderas. No saluda a nadie, levanta la cabeza y, con voz altisonante, le dice:

—¡Señora, su esposo está involucrado en una sedición, y será fusilado al primer disparo en esta ciudad!

—¡Pero, coronel!, ¿¡por qué usted lo involucra en esta revuelta que está aconteciendo!? —le responde efusivamente doña Lola, luego de un fugaz momento de sobresalto en el que se quedó brevemente boquiabierta por el arranque de cólera del militar—. Esta acusación me parece hecha a la ligera, es una arbitrariedad.

—¡Ya le he dicho, señora! ¡Los hechos son los hechos! —le responde el militar sin miramientos y sin bajar el tono de la voz—. La única manera que yo veo de salir de esto es que usted se dirija a San Juan, que localice al general Adolfo Fuentes y que le informe de lo que está pasando—. Le repito, si él viene con sus tropas a esta ciudad a asaltarla, su esposo será fusilado inmediatamente.

»Le hago saber que hemos recibido información de que las tropas del general Fuentes, apostadas en San Marcos, han secuestrado al hermano del presidente Reina, y eso agrava la situación de los rebeldes y de su esposo.

—No sé a qué hechos se refiere, y desconozco la situación del señor Reina Barrios. En cuanto a lo que usted me sugiere y me encomienda, es inaudito, ¿de qué manera voy a detener a los revolucionarios?, ¿a causa de qué o bajo qué autoridad van a hacerme caso? —porfía con el coronel, desafiándolo con la mirada—. Además, lo que usted me pide es demasiado peligroso, no hay seguridad en los caminos, pero por la vida de mi esposo, que es inocente, si es necesario lo haré.

—Me satisface que sea juiciosa, por ello le daré un salvoconducto para esta expedición —le dice el coronel sarcásticamente mientras se sienta al frente de la mesa, que le sirve de improvisado escritorio y toma un papel sobre el cual se pone a garrapatear—. Solamente podrán acompañarla en esta expedición, una persona y su conductor. —Y sin esperar respuesta agrega—: Pueden llevar armas por cualquier eventualidad en el camino, lo haré constar.

—Permítame, coronel —le dice don Antonio.

—¡Usted y los demás calladitos se ven mejor! —le grita furiosamente el coronel a don Antonio—. ¡O los mando a meter presos también!

Ante la explosión del comandante, los acompañantes de doña Lola optan por no chistar palabra, para no agravar la situación.

El coronel Morales, mientras termina de escribir el salvoconducto, se dirige con ironía sonriendo ligeramente de una forma siniestra, a los que acompañan a doña Lola: «Es muy peligrosa esa expedición y contra ordenanza, pero ya lo saben». Deja caer despacio y fríamente las últimas palabras, que llevan una velada amenaza.

Luego de que Roque pone sus cartas sobre la mesa, extiende el brazo izquierdo y le entrega a doña Lola, quien permanece de pie frente a la mesa, firmado y sellado el salvoconducto. Roque echa hacia atrás la silla y, poniéndose de un impulso de pie, bruscamente les dice a todos:

—¡Pueden retirarse! Tengo cosas que hacer.

Cuando habla, levanta y sacude la mano derecha con dirección a la puerta, como queriéndose desprender de algo que le molesta e irrita en la epidermis. Mientras las personas van saliendo de la sala, da instrucciones al comandante de la guardia para que nadie se comunique con don Juan. Su esposa y sus amigos solamente pudieron decirle adiós de lejos al detenido. Los unos, con las manos levantadas; la otra los ojos nublados por las lágrimas.

Esta es la causa del viaje que desde Xela hacia San Juan Ostuncalco emprendieron doña Lola y sus acompañantes. Los viajeros al fin llegan a San Juan, en donde entran con sumas precauciones debido a que no saben qué esperar de encontrar a los alzados en armas o a las fuerzas del Gobierno. Sin embargo, la población está desolada y a doña Lola le parece que esta está tristísima como lo está su alma; lo único que reina por todas partes es un profundo y desolador silencio.

Cuando todos bajan del coche, doña Lola les dice a sus acompañantes: «Las tropas al parecer han abandonado el lugar, y quién sabe dónde están acantonadas. ¿O tal vez no han llegado? San Marcos está a unas nueve leguas, casi un día a caballo». Ignora el hecho de que el día anterior hubo un combate en San Juan. Al parecer, a las tropas revolucionarias se las ha tragado la tierra; y el contingente gubernamental se dirigió hacia el cuartel de artillería, antes de las seis de la tarde.

Buscando están con la mirada por todos lados, cuando Rafael les hace ver que en el parque de la población hay residuos de combates: casquillos tirados, agujeros en las paredes a causa de proyectiles, manchas que parecen ser de sangre y una gran cantidad de estiércol y orina de caballo. Pero de fuerzas militares nada, ni de uno ni otro bando. Lo que desconcertó a los viajeros y los llevó a hacer diferentes suposiciones.

Por un momento, durante las consideraciones que hacen, Antonio sugiere ir hacia la aldea Agua Tibia y ver si hay tropas por ese rumbo, pero Rafael les dice que es mejor regresar a Quezaltenango por el camino que llegaron al pueblo, lo cual aprueban.

Antes de partir de San Juan, doña Lola preocupada les comenta:

—Ante todos los acontecimientos sucedidos, no puedo apartar ciertos obscuros y siniestros presentimientos que dan vueltas sin parar, como aves de mal agüero, sobre mi cabeza.

—Paciencia, Lola —le dice su hermano—. Esto es preocupante, pero todo se resolverá tarde o temprano, no hay que perder la esperanza.

—Que así sea —responde y luego dice—: Vámonos.

Llegan a la ciudad de Quezaltenango a las seis de la mañana del 9 de septiembre.

Mientras tanto el *valiente* coronel Roque Morales sigue acuartelado en el cuartel de artillería, protegido por la soldadesca y los cañones; está confiado gracias a los informes de inteligencia, los cuales le informan de su ventaja militar, porque los revolucionarios, en ese momento, cuentan solamente con fusilería.

7

Vanos esfuerzos

Jueves, 9 de septiembre de 1897
Todo el día

Al llegar a las inmediaciones de Quezaltenango, doña Lola le indica a Rafael que se encamine de nuevo al cuartel de artillería para darle los pormenores del viaje al coronel Roque Morales; pero cuando llegan al cuartel y doña Lola solicita ver al coronel, este se niega a atenderla, al enterarse de que el viaje de doña Lola a San Juan fue infructuoso.

«Si no hay buenas nuevas, de balde es que hablemos», esas fueron las palabras que envió con su asistente.

Ante esta situación doña Lola decide dirigirse a la residencia de doña Juana de Potter, esposa de don H. W. Potter, el gerente de la Empresa de Alumbrado Público y de la Compañía de Teléfonos.

Ella espera que junto a Juana y otras amigas puedan discutir y elaborar algún plan de acción para liberar a su esposo. No será la primera vez que se reúnen con el propósito de alcanzar objetivos que a otros les parecen imposibles o dificultosos, son mujeres de armas tomar.

Doña Juana, quien reside en la quinta avenida sur, apenas acaba de levantarse pues no son ni las siete de la mañana. Se encuentra en el patio principal de la casa, regando sus rosales, cuando oye tocar insistentemente a la puerta con la aldaba, alarmada se pregunta: «¿Quién será a esta hora?, ¿y qué prisas tendrá?».

Inquieta y alarmada por algunos hechos que han estado pasando y de los cuales la puso al corriente su esposo, se encamina hacia el zaguán para ir a ver quién toca a esa hora. Antes de abrir echa una mirada por la mirilla de la puerta, el corazón le da un vuelco cuando ve a través de esta la imagen cansada, descompuesta y abatida de Lola, su querida y entrañable amiga. inmediatamente abre la puerta para que esta entre.

—¡Lola, querida! Pasa adelante —le dice mientras la abraza fuertemente y la toma del brazo izquierdo para hacerla pasar.

—¡La desgracia ha tocado a nuestra puerta! ¡No he dormido ni un minuto! —le dice sollozando doña Lola, mientras se deja conducir por su amiga.

—Cálmate, ya me explicarás —le dice sin soltarle el brazo mientras con la mano derecha le indica ir hacia el comedor—. Vamos, debes tomar y comer algo.

Don Antonio, quien acompaña a su hermana, le hace un gesto, desde la puerta, con la cabeza a doña Juana; le indica así que esperará afuera; es mejor que se entiendan las mujeres, sobre todo en casos como este.

Cuando se dirigen al comedor, doña Juana y su visitante caminan por un amplio corredor, con piso de ladrillo rojo, que rodea un sobrio jardín por tres de sus lados. El jardín tiene una hermosa y gran pileta al centro, la cual está circundada por un piso de piedra blanca tallada, colocada sin mortero. Al fondo del jardín hay una pared blanca encalada, con una jardinera que tiene al centro una magnífica y tupida buganvilia de flores color violeta, que engalanan y cubren la parte superior de la pared; unos hermosos y floridos rosales custodian los entrelazados tallos de la planta a ambos. La pared separa el jardín de un patio desde el cual se asoman tímidamente las ramas de un peral; y al fondo se divisa la parte superior de una troje.

Cuando llegan al comedor, doña Juana ayuda a doña Lola a acomodarse en una de las sillas del comedor; al mismo tiempo le pregunta:

—Mientras preparan algo para desayunar, ¿quieres un café o prefieres un té de manzanilla?

—No te molestes en preparar comida, un café está bien —responde apenas—. Estoy muy cansada y atribulada, sin embargo, necesito estar despabilada, muchas gracias.

—Es un placer, no te preocupes.

La mengala que está a cargo de ayudar en la cocina permanece en la puerta del comedor, está atenta a lo que se pueda ofrecer, no necesita instrucciones, así que inmediatamente va a la cocina por dos tazas de café. Las prepara con cosecha de la finca Palmira; acompaña los cafés con pan de La Selecta y con mermelada hecha con melocotones de los alrededores de la villa de Salcajá.

Ella conoce los gustos de las mujeres que están en el comedor, debido a que estas se visitan con cierta frecuencia.

Mientras prepara el café, se percata de que haya lo necesario para preparar una infusión de manzanilla o de azahares. Durante este ir y venir habla consigo misma: «Nunca se sabe qué se puede ofrecer».

Mientras la mengala prepara la refacción, doña Juana consuela y conforta a doña Lola, la cual se encuentra sollozando, porque se ha quebrado por un momento, debido sobre todo a la pena, la fatiga del viaje y el dolor por lo que le está pasando a su esposo.

Cuando les llevan el café, los panes y unos colochos de guayaba, doña Juana le pide a su acongojada amiga que beba y coma un poco para reconfortarse, y que despacio le cuente los pormenores de su pena.

Afuera en la calle, don Antonio y Rafael están sentados en el landó, hablando y comentando sobre los últimos acontecimientos.

—El patrón no debió haber venido solo a la ciudad cuando lo citó don Abel, debido a los levantamientos en armas que se han presentado en San Marcos —le dice Rafael—. No quiso que lo acompañara—. Es más, no debió haber venido, a leguas se ve que el coronel Roque Morales la tiene contra él, algo persigue, no me cabe duda.

—Nadie sabía que podía suceder algo así, además, tampoco podemos hacer retroceder el tiempo, pero debemos todos, hacer nuestro mejor esfuerzo para librar de la cárcel a mi cuñado. Se me ocurre que, por el momento, lo mejor sería que fueses a la casa con el carruaje, yo esperaré a mi hermana aquí, afuera de la casa. Necesitamos tener listos el carruaje y caballos para engancharlos, por si hay que viajar.

—Despreocúpese, yo me encargo —le responde Rafael—. Iré a la casa a preparar todo ante cualquier eventualidad. Enviaré a uno de los criados a acompañarle para que esté atento ante cualquier necesidad, y también por si llegan a fallar los teléfonos o los desconectan.

—Ve con Dios —le dice don Antonio. Y así se da por terminada la conversación. Inmediatamente, don Antonio se baja del carruaje y se queda haciendo guardia frente a la casa de doña Juana; el andaluz se dirige a la Casa Aparicio para ir a preparar lo necesario ante cualquier eventualidad que se pueda presentar.

En el ínterin, llegan al frente de la casa unas amigas que viven cerca de la plaza de armas, y a quienes informaron sus criados, que, conforme a la costumbre, salieron a regar agua y a barrer las aceras, y pudieron ver el carruaje de los Aparicio parado frente a la casa de los Potter. Las señoras están al tanto de algunos pormenores de los acontecimientos que se están desarrollando durante la revolución iniciada en San Marcos, aunque desconocen todos los detalles relacionados con la captura de don Juan.

Las damas, luego de saludar brevemente a Antonio, le preguntan con inquietud sobre la familia Aparicio. Él les responde: «Es mejor que mi hermana les explique lo que está pasando». Así que las atiende y las invita a pasar a la casa. Cuando están todas reunidas en el comedor, doña Lola, después de dar unos sorbos al café, mordisquear ligeramente uno de los panes con mermelada y degustar un colocho, ha recuperado fuerzas. Con calma y serenidad, les refiere brevemente los hechos que acontecieron el día recién pasado y durante el presente en horas de la madrugada.

—Eran justo las seis de la mañana cuando regresamos de San Juan Ostuncalco —les comenta antes de terminar.

»Sin embargo, no encontramos a las tropas, ni a ningún oficial de los que se levantaron en armas. Como si la tierra se los hubiese tragado. Por un momento pensé que posiblemente no habían llegado a ese lugar. Pero desafortunadamente encontramos huellas de combate en el pueblo. Fue entonces cuando decidimos regresar a Xela.

»A la hora del alba arribamos a Quezaltenango, inmediatamente nos dirigimos al cuartel de artillería para dialogar con el jefe político, pero este se negó a recibirnos.

»Fue entonces cuando decidí venir a la casa de Juana, para tomar un curso de acción; porque Juan debe ser puesto pronto en libertad, de lo contrario habrá complicaciones cuando los levantados en armas se presenten a la ciudad. El coronel Morales ha sido muy puntual en ese aspecto y me temo que cumplirá sus amenazas.

Cuando concluye su narración sobre los hechos pasados, sus amigas le insisten para que termine su café, la mengala, diligentemente, se lo ha cambiado por uno caliente y fresco, y que coma otro pan con jalea, debe de estar fuerte le recomiendan.

Cuando doña Lola bebe y come su refacción, todas participan del café, del pan y de los colochos que también les sirvieron. Entre sorbo y sorbo, mordisco y mordisco, discuten animadamente sobre algunas posibilidades y pasos que seguir. Al cabo, las damas se deciden por un plan de acción: Lola y Juana, acompañadas de algún caballero, se dirigirán a la capital para hablar personalmente con el presidente de la República. Y deben hacerlo con la mayor brevedad posible.

Son recién pasadas las ocho de la mañana cuando doña Lola y doña Juana, acompañadas de don Mariano López, don Pedro Bruni y otros caballeros, se dirigen al cuartel de artillería con el objeto de solicitar pasaporte para dirigirse a la Ciudad de Guatemala. Sin ese documento no podrán partir de la ciudad, y en caso de salir sin él, si las autoridades se percataran, fácilmente les dará alcance un pelotón de soldados, ya que, debido a lo malo del camino, el landó tendría dificultades para avanzar; e irse a caballo no es conveniente para las damas, debido a la distancia que hay a la capital.

Cuando llegan a las proximidades del cuartel se encuentran con una avanzada y el sargento que la comanda se niega a dejarlos pasar:

—¡Alto! No puedo dejarlos pasar; son órdenes de la comandancia.

—Sargento, haga el favor de consultar con su superior, venimos por un asunto muy, pero muy importante —le dice don Mariano, con calma, pero con firmeza.

Luego de no poca discusión y de porfiar con el oficial, finalmente, el sargento acepta ir a consultar con sus superiores, no sin advertirles que no se muevan de ese lugar.

Mientras el sargento se dirige al cuartel, se ve a algunas personas transitar libremente hacia el cuartel o en dirección norte por la calle real de San Nicolás. Los guardias las han dejado pasar, es obvio que los obstáculos son específicamente para la familia y allegados de don Juan.

Cuando regresa el sargento les comunica que no está permitido el paso para nadie, ignorando el hecho de que sus interlocutores han visto pasar a varias personas.

Luego de porfiar una vez más con el sargento, este finalmente accede a dejar pasar a doña Lola, a doña Juana y a don Mariano, mientras los otros caballeros quedan a la espera.

—Pueden pasar, repórtense en la entrada.

Al llegar a la entrada del cuartel, la historia vuelve a repetirse pues de nuevo otro sargento, mal encarado y nervioso, tal vez por los acontecimientos, se niega a dejarlos pasar y les ordena retirarse; pero doña Lola no se amedrenta ni se rinde, y ruega con insistencia que les dejen pasar para dejar un mensaje al coronel Roque Morales.

El sargento, luego de hacerles esperar un rato, va a consultar con sus superiores; al regresar los deja pasar y los encamina a la sala de armas, donde les indica que se sienten a esperar. Luego de una corta espera, se presenta un oficial, de rango coronel, de nombre Julián Ozaeta. Llega a inquirir sobre la solicitud de doña Lola y sus acompañantes, y les indica al mismo tiempo que el coronel Roque Morales no puede recibirlos por estar demasiado ocupado.

—Lamento decirles que el señor comandante no podrá recibirlos, está demasiado ocupado con asuntos de la revuelta —les dice con tono serio pero respetuoso.

—Señor oficial, lo único que deseo es un pasaporte para dirigirme a Guatemala con dos personas más —le pide vehementemente doña Lola; ella no se da por vencida fácilmente—. Este es un asunto de vida o muerte para mi esposo Juan, vamos a pedir la intervención del señor presidente.

—Espere un momento, veré qué puedo hacer —le responde el capitán, que saluda una vez más antes de salir de la sala de armas.

Luego de una breve pero nerviosa espera, regresa de nuevo el oficial Ozaeta a la sala de armas, y con seriedad e imperturbabilidad les informa:

—Lamento informarles de que el coronel Roque Morales dice que es imposible cumplir con su petición, que es por la seguridad y la salvaguarda de sus vidas. Hay demasiados peligros en los caminos.

—Entiendo, señor oficial, pero por lo menos déjeme ver un momento a mi esposo —le pide doña Lola. Ante lo cual de nuevo sale el capitán a pedir instrucciones a su superior al respecto.

—Señora, dice que es imposible también atender a esa solicitud —le dice a su regreso el oficial—, que verá a su esposo cuando todo esté bajo control del Gobierno.

Ante la inutilidad de sus esfuerzos doña Lola y sus acompañantes deciden retirarse.

—Espere un momento, doña Lola —dice el coronel Ozaeta mientras sus acompañantes, cabizbajos y preocupados, se dirigen hacia afuera—. Don Juan me pidió que le entregue algo.

El coronel se acerca a doña Lola y cuando está frente a ella, mete la mano en el bolsillo derecho de su pantalón. Al sacarla inmediatamente pone el reloj de don Juan en manos de su esposa, quien, al ver el reloj, las ha extendido. Al recibir la preciada joya, por un breve momento la sostiene con ambas manos fuertemente sobre su pecho, valorando no el costo de esta, sino lo que esta representa. Este fue un bello gesto del coronel, porque posiblemente otros con menos escrúpulos, se hubieran quedado con esa joya sin parpadear siquiera.

A poco tiempo de regresar a la casa de doña Juana, reciben un mensaje escrito de parte de un conocido oficial. Les pide mantener su nombre en anonimato para poder mantenerles informados de lo que esté en sus posibilidades, según dice la nota. También les informa de que se han girado órdenes especiales para impedir por todos los medios la marcha de doña Lola, de sus familiares o amigos a la ciudad capital. Y que los caminos también estarán fuertemente vigilados, por lo que deben abstenerse o tener cuidado si deciden viajar.

Al regresar doña Lola a su casa, acompañada de su hermano, su suegro, doña Juana, don Pedro, don Mariano y unos familiares y amigos, comentan en la sala de estar, sobre el hecho de que varias personas de Quezaltenango, de todas las clases sociales y de todos los oficios, han empezado a enviar telegramas al presidente y a otras instancias, solicitando la libertad de don Juan Aparicio y de don Sinforoso Aguilar, así como de otros detenidos.

En medio de la conversación se les ocurre que deben enviar una carta del puño y letra de doña Lola, firmada por ella y lacrada con el sello de la familia Aparicio. Ante los impedimentos conocidos alguien pregunta:

—Pero ¿quién podrá ir?

Rafael que acaba de ingresar a la sala y escucha sobre la interrogante de a quién enviar, sin pensarlo dos veces, dice:

—¡Yo iré!

—Gracias, Rafael —le dice doña Lola, moviendo la cabeza de un lado a otro—, pero eso es arriesgado y te necesitamos en casa.

—¡No se preocupe! —le responde con firmeza, levantando levemente la mano derecha—. Los muchachos son responsables y están a sus órdenes, además, en caso de ser necesario, don Antonio sabrá qué hacer.

—Déjalo ir, Lola, nadie es tan capaz de llevar a buen término esta encomienda —expresa vehemente don Antonio, tomándola de las manos—, de hacerla con prontitud y con el mayor sigilo como Rafael.

—Gracias, Rafael —le dice suavemente al andaluz doña Lola con los ojos llenos de lágrimas de agradecimiento—. ¿Qué necesitas?

Rafael está parado en el centro de la sala, con la mano izquierda sobre la cintura mientras levanta la derecha al hablar; su figura se ha agigantado a la vista de todos. Su fija mirada y sus gestos denotan determinación, valentía, coraje. Todo lo que se necesita en estas ocasiones apremiantes.

—¡Este es un asunto de vida o muerte! Es un asunto que apremia; y debido a que son cincuenta leguas por recorrer, a que los caminos estarán vigilados y es tiempo de lluvias, para llegar lo más pronto posible me llevaré tres de los mejores caballos, para ir alternando cabalgadura en el camino —le responde Rafael con resolución—. Me detendré lo mínimo por el camino y, si es necesario, dormir lo haré a lomo de caballo. Mientras todas las miradas están sobre él y los oídos atentos a sus palabras, prosigue—: Llevaré la carta de su puño y letra, directamente al señor presidente; debo, además, llevar una carta en donde se indique que llevo los tres caballos a su familia que vive en la capital. Y, de ser necesario, aunque es peligroso, hay que falsificar un pasaporte de viaje con permiso de portar armas, porque repito, esto es un asunto de vida o muerte, ¡nada me detendrá!

—Lola escribirá la carta al presidente y la carta por el asunto de los caballos —dice don Antonio, más animado y con un brillo de esperanza en los ojos—. Aunque es un poco difícil, me encargaré del pasaporte; y tú Rafael, por favor, encárgate de lo concerniente a tu partida.

—¡Manos a la obra! —dice doña Lola.

—Voy a los establos a preparar los caballos —les dice el andaluz—, paso a la tarde por la casa a recoger las cartas, a dar instrucciones para que tengan bien cuidados los caballos de tiro y que tengan siempre preparado el landó por si lo necesitan. Saldré mañana, muy de madrugada, antes de que se levante el sol.

Y sin decir más sale a preparar todo lo necesario.

8

Presidentes y dictadores

Mientras el andaluz y Antonio Rivera hijo se retiran para ir a realizar las diligencias acordadas; se quedan en la sala de estar doña Lola, doña Juana, su suegro don Antonio, don Lorenzo y don Pedro. La familia se ha retirado a sus habitaciones y dos o tres amigos que los acompañaron del cuartel a la casa se fueron a sus casas.

Doña Lola les pide a los que están en la sala quedarse para el almuerzo y mientras llega la hora, un par de mengalas sirven a los que se quedaron, unos refrescos y unas galleticas para tentempié.

Luego de comprobar que todos estén atendidos y servidos, doña Lola se excusa para dirigirse a sus habitaciones a descansar por unos minutos:

—Con la venia de ustedes, me retiro a mis habitaciones para descansar y meditar en una carta que tal vez sea necesario jugar —les dice mientras se levanta—. Luego les comento de qué se trata. Matilde está un poco atrasada en la cocina, pero cuando la comida esté lista el mayordomo vendrá a avisarles.

Cuando ella se retira, doña Juana de Potter, que no tiene mucho tiempo de residir en el país, mientras mueve la cabeza de un lado a otro comenta:

—Es muy complicado todo esto de la política en este país.

—Así es —tercia don Pedro—, y así ha sido desde la independencia, pero sobre todo en los últimos años, desde el día que falleció el general Justo Rufino Barrios.

—Ya tuve la oportunidad de darle pormenores sobre los eventos acaecidos durante la revolución liberal a doña Juana —comenta don Antonio. Y agrega—: También sobre los gobiernos de los generales García Granados y Justo Rufino Barrios, hasta que falleció el último.

—¡Esa muerte fue el desenlace de otros eventos singulares en la historia de este país! —dijo vehementemente don Lorenzo—. Y lo que estamos viviendo tiene raíces en esa tragedia.

—¿Cómo murió el general Barrios? —pregunta doña Juana picada por la curiosidad—. ¿Y qué fue lo que sucedió después?

Los demás se miran unos a otros, esperando a ver quién quiere responder. Don Pedro hace un gesto con la mano derecha ligeramente levantada y los demás asienten, con lo cual acomodándose en su silla se dispone a informar a la dama:

—Fue en un combate —dice don Pedro—; el general iba rumbo a El Salvador con el propósito de establecer por la fuerza una vez más la Federación Centroamérica; con la que no estaban de acuerdo las nuevas repúblicas, por lo que se opusieron y estuvieron dispuestos a presentar batalla de ser necesario. —Mientras los demás comen galleticas y beben, don Pedro aprovecha para hacer una pausa y tomar un sorbo de refresco, al terminar continúa—: En Chalchuapa, el jueves, 2 de abril de

1885, el general Justo Rufino Barrios y sus fuerzas se enfrentaron al ejército de El Salvador, y durante las acciones, a causa de una bala, falleció a la edad de cuarenta y nueve años. Por ley, le sucedió en el cargo como presidente de la República, de forma interina, el primer designado, el empresario don Alejandro Sinibaldi, quien ocupó el cargo pocos días del mes de abril. Hecho curioso por el cual lo apodaron *Flor de un día*.

—¿Cuántos días permaneció en el poder? —pregunta la curiosa dama interrumpiendo el relato.

—No recuerdo cuántos exactamente —le responde don Pedro—, pero fueron menos de treinta días.

—Gracias, don Pedro, continúe por favor.

—El féretro con el cadáver del general Barrios llegó a Guatemala el 4 de abril, Sábado Santo a las cinco de la tarde, escoltado por unos tres mil soldados.

»Hubo una serie de disturbios desatados tras conocerse la muerte del general Barrios, porque algunas personas hicieron correr el rumor de que había sido asesinado por un francotirador perteneciente a un batallón del ejército guatemalteco conocido como Los Jalapas. Pero ese rumor nunca fue confirmado, ni siquiera investigado lo suficiente. Sinibaldi, temeroso y asustado, emitió un decreto en el cual autorizaba al ministro de Guerra, general Juan Martín Barrundia, para que actuase como mejor le pareciera.

»Barrundia decretó estado de sitio, mientras vio la oportunidad de aprovechar la situación para quedarse con el poder. Ante lo cual algunos ciudadanos recurrieron a la Asamblea Nacional Legislativa y al cuerpo consular para que mediara en la situación que se estaba presentando. El cuerpo legislativo entró en acción y decidió aceptar la renuncia, que ante los hechos que se estaban dando, y que además sobrepasaban sus habilidades e influencia, presentó don Alejandro Sinibaldi y su gabinete en pleno. Pero tras bambalinas se rumoró que don Alejandro fue presionado por Barrundia.

»El cuerpo legislativo acordó que el segundo designado era quien debía presentarse a ocupar la presidencia. Dicho designado era el general Manuel Lisandro Barillas, jefe político de Quezaltenango, y oriundo de esta ciudad. De inmediato lo llamaron vía telegráfica, para que se hiciese cargo de la primera magistratura. Sin embargo, en el ínterin, el general Barrundia estaba manejando los hilos para tratar de afianzarse en el poder, que temporalmente ostentó ante las indecisiones y vacilaciones de don Alejandro Sinibaldi.

»El 6 de abril, lunes por la tarde, cuando se estaba efectuando el sepelio del general Justo Rufino Barrios, en el Cementerio General de Guatemala, antes de depositar el ataúd en el mausoleo, don Alejandro Sinibaldi se preparaba para pronunciar ante la concurrencia unas palabras luctuosas, cuando, de la nada, el general Barillas se presentó. Iba acompañado de dos oficiales, los tres vestidos con uniformes de fatiga, los cuales estaban sucios y polvorientos debido a largas horas de cabalgata. El general, de pie, con la mano izquierda sobre el sable y la derecha sobre la cadera, levantó la cabeza y, con voz sonora tronó: «¡Señores, vengo a hacerme cargo de la presidencia! —Se colocó frente a la atónita y enmudecida concurrencia, mientras les hablaba—. ¡Ahora mismo tengo apostados en los llanos de Ciudad Vieja a cinco mil de mis hombres, que únicamente esperan una orden mía para tomar la ciudad por las armas! ¡Espero, pues, no tener que hacer uso de fuerza y contar con su apoyo y el de nuestro Señor, en mis buenas intenciones de gobernar y engrandecer a Guatemala!». Nadie fue capaz de contradecirle, debido al aplomo y la autoridad con que se pronunció. Al mismo tiempo, exigió al general Barrundia entregar el poder y que se preparara lo necesario para atender a la considerable tropa que venía con él y que estaba acampada en el lugar señalado. Pero, según se supo después, dicha tropa no existía.

Cuando don Pedro narra este incidente, se pone de pies e imita las inflexiones de voz del expresidente. Los reunidos en la sala, no pueden reprimir unas sonoras carcajadas, las que dan a pesar de la situación que se está viviendo. Cuando ya han tomado todos el debido control de sus emociones, continúa el letrado:

—El sorprendido general Barrundia acató las órdenes, ante la amenaza de verse envuelto en un confrontamiento en una condición desventajosa. Así el general Barillas se encaminó como había llegado, acompañado apenas de dos oficiales, hacia el Palacio de Gobierno para hacerse cargo de la presidencia sin siquiera desenvainar su espada o disparar un solo tiro.

»Más tarde, cuando se supo que no había tal tropa, Barrundia comprendió su error al haber caído presa de un engaño tan infantil, decidió que lo mejor por el momento era marcharse del país, al exilio, fue una situación muy bochornosa para él.

»De esta manera, el general Barillas se desempeñó como presidente interino y posteriormente como presidente de la República de Guatemala, luego de unas elecciones. —Luego de las palabras anteriores, le dice don Pedro a doña Juana—: Para no monopolizar la conversación, mi estimada señora, dejaré que alguien más continúe. —Y, dirigiéndose a los demás, pregunta—: Estimados señores, ¿quién de ustedes toma la palabra?

—¡Gracias, don Pedro! —le dice doña Juana entusiasmada—. Por unos breves momentos nos ha hecho reír y olvidar por un instante lo que estamos pasando. —Pero con la curiosidad aún a flor de piel pregunta—: Pero y después ¿qué sucedió?

—¿Alguien desea continuar? —porfía don Pedro, quien, al parecer, desea terminar con su galleta, su refresco y recuperar el aire.

Don Lorenzo, atentamente, se dispone a participar y luego de dejar su vaso sobre una mesita empieza a narrar:

—Durante los primeros meses del año de 1891, el presidente de Guatemala, general Manuel Lisandro Barillas, hizo una visita oficial a Quezaltenango. En ese entonces el alcalde primero era el licenciado Manuel Estrada Cabrera, el cual deseaba saber el rumbo que tomaría la política durante dicho año. En un banquete celebrado en honor al general Barillas, fue designado el síndico municipal don Elfego J. Polanco para ofrecer un discurso. El orador, al final de su alocución, palabras más palabras menos dijo: «No recordamos que haya habido gobernante alguno en Guatemala que a la expiración de su período legal descendiera pacíficamente del poder. La muerte o las revoluciones los han arrancado del solio presidencial. Rafael Carrera deja la presidencia en su lecho de muerte; Vicente Cerna es derrocado por la revolución de 1871; Justo Rufino Barrios sucumbe en Chalchuapa.

»¿Cómo bajará el presidente Barillas, cuya administración toca a su término? Está llamado a ser el fundador de la alternabilidad en el poder. Así lo desea y espera la nación; y los gobernantes que tienen por norma la ley e inspiran sus actos en las corrientes de la opinión pública, merecen bien de la patria, pues quien siembra luz recoge claridades y el que siembra vientos tempestades.

»Propongo, señores que brindemos a la salud del señor presidente de la República, y hagamos votos porque el general Barillas entregue la presidencia el próximo 15 de marzo de 1892, al elegido de los pueblos. —Don Lorenzo hace una pausa y refresca su garganta bebiendo un poco. Luego de secarse los labios con la servilleta prosigue—. Se comentó que la explosión de una bomba de dinamita no hubiera producido la sensación que estas palabras causaron en el ánimo de la concurrencia. Cuando muchos esperaban una orden de prisión contra el orador, o por lo menos una severa represión, el presidente levantándose de su asiento, con una copa de champaña en la mano respondió más o menos de la siguiente manera: "Doy gracias a la honorable Municipalidad por el banquete con se ha servido obsequiarme, y me complazco en reconocer, una vez más, la sinceridad de los sentimientos que hay en el corazón de mis paisanos. Como soldado de la revolución del 71, debo sostener y sostendré con firmeza las libertades y las instituciones públicas para hacer la felicidad del pueblo, y consecuente con mis principios y celoso de mi honra de ciudadano y de gobernante, que es el mejor legado que deseo transmitir a mis hijos, ofrezco a la Municipalidad y le dejo empeñada mi palabra, que obediente al mandato de la ley, cumpliré con entregar la presidencia al elegido de los pueblos, al concluir mi período constitucional". Esa solemne promesa fue acogida con estrepitosos aplausos —agrega don Lorenzo—; y es este uno de los pocos actos de su vida pública que enaltece su nombre, porque cumplió su palabra. Hizo bien, porque se decía por las calles de la capital ante sus desaciertos y desgobierno: "Este gallo no canta, algo tiene en la garganta".

Al terminar su intervención don Lorenzo, se dirige a don Antonio para que él continúe y ponga al corriente a la distinguida dama que atentamente escucha las intervenciones de los versados caballeros.

—¡Razón tenía Lola cuando me dijo que ustedes son unos ilustres caballeros y, además, amantes de la historia del país! —les dijo la distinguida señora sin perder ni un ápice de entusiasmo.

—Favor que nos hace —le dice don Antonio—, pero en honor a la verdad, por haber estado cerca de estos acontecimientos es por lo que conocemos algunos pormenores—. Además, todo esto se hizo público por periódicos de la capital y de Quetzaltenango. Lo que pasa es que a la gente no le gusta leer y a otros les importa un bledo, con que no toquen sus intereses se sienten bien servidos. — Luego de beber un pequeño sorbo de refresco, don Antonio prosigue—: Con el propósito de suceder al general Barillas al terminar su período constitucional, hubo varios candidatos a la presidencia, pero los más conocidos eran los tres liberales: don Francisco Lainfiesta, don Lorenzo Montufar y el general José María Reina Barrios. Por primera vez, los candidatos en esa oportunidad hicieron propaganda en los periódicos más importantes de Guatemala.

»Se dice que el general Barillas tenía varios *esqueletos en el armario,* y que por ningún motivo quería que fuesen sacados de ahí, por lo cual entrevistó a los candidatos liberales.

»El primero de ellos fue el que se veía favorecido por la opinión pública, el licenciado Lainfiesta, quien había publicado su plan de trabajo en el *Diario de Centroamérica*, y no contaba con partido postulador. "Licenciado Lainfiesta, de los candidatos es usted el posible triunfador. En caso de usted ganar, ¿cuál va a ser su conducta respecto a mi persona?", le preguntó el presidente Barillas. "Señor presidente, si los electores me favorecen —respondió el licenciado—. Mi sistema de gobierno se basará en el cumplimiento estricto de la constitución del país. Si usted tiene alguna responsabilidad, tendrá que presentarse ante los tribunales correspondientes para responder por ella". "Bien, muchas gracias", respondió el general Barillas poniéndose de pie. Y dándose la mano se despidieron cordialmente.

»El segundo entrevistado fue el doctor Lorenzo Montúfar y Rivera, diplomático, político y consumado orador. Exmiembro del gobierno liberal de Justo Rufino Barrios. La entrevista transcurrió en los mismos términos que la del licenciado Lainfiesta, las preguntas y respuestas fueron similares.

»Por último, se vieron el general Barillas y el general Reina Barrios, postulado por el Club 71. En medio de una amena conversación, el general hizo su famosa pregunta respecto a lo que él podía esperar de su sucesor en cuanto a su persona. A lo que el candidato le dijo: "Mi general, de eso no debemos hablar porque usted y yo somos lo mismo. Tengo la más profunda convicción de que sabré respetarle y protegerle". Con esa respuesta se concluyó la reunión, y luego de darse la mano con efusión además de un efusivo abrazo, se despidieron.

»Y llegó el período eleccionario, la votación de los primeros dos días parecía favorecer al licenciado Francisco Lainfiesta. Pero al mediar el tercer día, hubo rumores de que, procedentes de las montañas de Quezaltenango y Totonicapán, llegaron sendas masas de indígenas a ejercer el sufragio. Los rumores también señalaron que los sufragantes iban con la consigna de favorecer a Reina Barrios. Se comentó que los agentes oficiales hicieron bien su trabajo. Aunque todo lo anterior no es un hecho comprobado fehacientemente; a la postre, el general José María Reina Barrios fue electo como presidente de la República de Guatemala. —En este punto, don Antonio hace una pausa, toma de nuevo otros sorbos de refresco y mordisquea la galletica que

tiene en la mano izquierda. Al terminar prosigue—:
El general José María Reina Barrios tomó posesión en marzo de 1892. Para ello hubo una fastuosa ceremonia que incluyó bandas y marimbas, aún a altas horas de la noche, aprovechando el alumbrado eléctrico de la plaza Central, el cual había hecho instalar el general Barillas.

»Su gobierno durante los primeros años fue próspero y generoso, otorgó libertades a los organismos del estado, que no poseían antes. Aprovechando las sanas finanzas que heredó, emprendió el embellecimiento de la Ciudad de Guatemala, dotándola de avenidas, monumentos, estatuas, etc.

»Los problemas empezaron en marzo del presente año, cuando el presidente Barrios inauguró la Primera Exposición Centroamericana, la cual fue un profundo fracaso y ocasionó grandes pérdidas al ya escuálido erario nacional. A pesar de que según algunos tuvo la exposición como cuarenta mil visitantes.

»Como sabemos, el cultivo del café es fundamental para la economía guatemalteca, pero Brasil en los últimos años entró al mercado del café, y este fue un factor determinante en la caída de la economía de Guatemala. Aunado a lo anterior, el fuerte gasto hecho por Barrios en obras le pasó factura.

»Muchos fueron los avances y el progreso, pero al final de su mandato, fue empujado por una rosca de incapaces aduladores que le han rodeado a una serie de desaciertos.

»A causa de ello se escribieron varios editoriales en los que acusaron a Reina Barrios de despilfarro del erario nacional, de construir fastuosas obras innecesarias, al mismo tiempo que se construían obras de infraestructura como el ferrocarril del norte, mientras la economía nacional sufre por la caída internacional del precio del café, único producto nacional de exportación. —Don Antonio se pone de pie, se acerca a una librera de la cual toma un libro y extrae un fragmento de un viejo periódico, hecho nada extraordinario porque es la casa de su hija, y, acomodándose los espejuelos, les dice—: El 27 de febrero de 1897 y bajo el seudónimo de Claro, se publicó en el periódico *La República* la alegoría que voy a leerles:

El nuevo gerente no se echó a dormir, y procediendo sin tardanzas, ya en la tarde dejaba removido y cambiado todo el menaje de la oficina de Benvenuto. La modesta mesa con su cubierta de género verde que por largos años le sirviera para escribir, fue reemplazada por un magnífico aparato de nogal con chapas y tiradores de plata: la cómoda de cedro en que aquél guardaba sus ahorros, por una soberbia caja de hierro a prueba de fuego y contra toda maniobra de las que pone en uso el adelanto moderno en cuestiones de rapiña; la estera de Sonsonate que cubría el pavimento de la oficina, por una rica alfombra, de plumas de avestruz, en la que hundía el calzado; las demás prendas del mobiliario fueron sustituidas por otras de todo lujo, y así mismo, los libros, tinteros, lámparas, etc.; apareciendo instalados, por último, en aquel humilde escritorio donde el diligente Benvenuto había manejado los negocios de su casa, sin auxiliares, ni boato, ni ruido, cuatro dependientes, sentados delante de otros tantos pupitres, esperando las órdenes de Pepino; y en la puerta de entrada, dos porteros de uniforme encargados de anunciar e introducir a los clientes.

Un día después, la sala de recibo de la modesta casa era objeto de transformación: la estera de tul de Sonsonate fue destinada al fuego y el mobiliario a una almoneda; en cambio, tomaron puesto magnífica alfombra de Turquía; mesas con ricos mármoles tallados en Francia; jarrones de porcelana de Sevres; sillas y confidentes, última importación de Rusia; espejos de Venecia; cuadros de Italia, de altísimo costo por decirse procedentes del pincel de Ticiano; y un cúmulo de baratijas, todas valiosas, de esas que han venido a ser de necesidad imprescindible en un Parlor de gran tono.

Habían transcurrido apenas ocho días y ya Pepino dejaba arrasado un depósito de alguna entidad perteneciente a Benvenuto en el Banco Internacional; había tomado por entero un crédito en blanco en el mismo establecimiento; había contraído deudas por más de veinte mil pesos y andaba en solicitud de más dinero que ya la desconfianza le negaba, para llevar a cabo la transformación que en su delirante cerebro había imaginado llevar a cabo en los negocios de la casa y en el modo de ser de la familia.

Cuando don Antonio termina de leer la alegoría, y con su aquiescencia, don Lorenzo toma la palabra y prosigue:

—El general José María Reina Barrios varias veces prometió que no se reelegiría, pero aconsejado por su séquito de aduladores, ¡esa rosca infernal!, a partir de 1896 inició los esfuerzos para ampliar su período presidencial.

»En abril de este año, la Asamblea Legislativa, que estaba presidida por el licenciado Feliciano Aguilar, prorrogó sus sesiones por el tiempo que se creyera pertinente; el mismo mes, por medio de un decreto, nombró como primer y segundo designados a la presidencia al licenciado Manuel Estrada Cabrera y al general Manuel Soto.

»La gota que finalmente derramó el vaso fue que Reina Barrios disolvió la Asamblea, y asumió todos los poderes de la Nación, sin emitir decreto alguno en Consejo de Ministros. Esta fue una acción que participó a las autoridades de la República por una circular telegráfica el día 1 de junio del presente año. Convocó inmediatamente a elecciones de una Asamblea Constituyente, la cual, ya constituida en el mes de agosto, emitió un decreto por medio del cual se prorrogó el mandato del general José María Reina Barrios hasta marzo de 1902, cuatro años más como gobernante.

»Estos hechos conmocionaron el ámbito político, y afectaron en todo sentido a los candidatos a la presidencia. Estaban en la contienda el coronel y licenciado Próspero Morales, quien fue ministro de Fomento, ministro de la Guerra y ministro de Instrucción Pública, del gobierno del general Reina Barrios; el capitán y maestro José León Castillo, quien fue jefe político de Totonicapán y Chiquimula; y el general Daniel Fuentes Barrios, jefe político del Quiché y quien, además, es pariente del presidente.

»Cada candidato tenía y tiene sus afectos, simpatizantes y financistas, como ocurre en todas partes. En Quezaltenango el general Daniel Fuentes

Barrios tiene el apoyo de don Juan Aparicio Mérida, y el coronel Prospero Morales, el de don Sinforoso Aguilar.

»Para esas frustradas elecciones, los conservadores no presentaron candidato alguno a la presidencia, pero actuaron astutamente, porque tras bambalinas le sugirieron al presidente Reina Barrios reelegirse. Ellos estaban felices con que el partido liberal se hubiese dividido en las tres facciones que mencioné antes. Mas aún, es un secreto a voces que sostuvieron con fondos a una de esas facciones, aunque no se supo exactamente a quién. El resultado fue todo un mar de pirañas, astutamente agitado por los conservadores, que después de innumerables años de mandar a su sabor y antojo están en las sombras, esperando el momento propicio para actuar sin importar quién caiga. Sea inocente o sea culpable. El fin justifica los medios.

La entrada de nuevo de la mengala junto a otra criada, con una jarra grande de refresco la primera y la segunda con un azafate de galletas, los distrae por unos momentos. Todos aprovechan para volver a llenar sus vasos, pues la atmosfera, se siente un poco caliente y necesitan refrescarse, además el hambre empieza a pasar factura.

Después de que participan de la refrescante bebida y las galletas, don Lorenzo, quien quiere recuperar el aliento, le pide a don Pedro que continúe con la ilustración a doña Juana. Lo que este hace con prontitud.

—Al saberse la noticia del decreto de la asamblea constituyente, y de que se había roto el orden constitucional, se formó en Quezaltenango la llamada junta patriótica. Estaba integrada por el general Daniel Fuentes Barrios, el coronel Próspero Morales, quien era en ese entonces jefe político de San Marcos, y por el licenciado Feliciano Aguilar, expresidente de la depuesta asamblea legislativa. Muchos quezaltecos influyentes cedieron fondos para sostener el movimiento. Entre tanto, el gobierno destituyó al jefe político de Quezaltenango, coronel Mariano Vicente Díaz, y nombró en su lugar al coronel Roque Morales, exjefe policial durante el gobierno de Justo Rufino Barrios, quien es más afecto y obediente al presente dictatorial Gobierno.

»Perdió a Reina Barrios su inmensa vanidad y, según algunos, el mal estado de sus negocios particulares, lo que le impide dejar el poder y le llevó a perpetuarse en él, aunque debía entregarlo a su sucesor en marzo de 1898. Los liberales le abandonaron ante semejante aberración, pero desafortunadamente este partido está dividido en tres facciones. —En este momento se detiene para beber un poco y refrescar la garganta, pero se toma su tiempo.

—Don Lorenzo, ¿cuál fue la reacción de los conservadores al ver que los liberales abandonaron al presidente? —le pregunta doña Juana al ver callar a don Pedro.

El aludido, con la venia de don Pedro, quien mueve ligeramente la cabeza en señal de asentimiento, le responde:

—¡Ah! Mi estimada señora, estos, tras bambalinas estaban observando y operando, y como son muy unidos no dudaron en ningún momento en sacar ventaja de la situación. De esa cuenta se acercaron cada vez más zalameramente al envanecido dictador. Están contentos con este porque les ha restituido algo de poder político, porque económico lo tienen; y en cuanto a los jerarcas religiosos, leales a los conservadores, estos también han obtenido buenos frutos durante su mandato.

»El presidente Reina Barrios se abandonó en los brazos de los conservadores cual doncella enamorada y ha sido subyugado. Por lo que no resulta extraño que el 30 de agosto, apenas hace nueve días, se haya formado una nueva constituyente, nutrida en su mayoría por conservadores, los cuales, de una forma ilegítima, le extendieron su mandato hasta 1902.

»Como en el momento de proclamarse dictador, la economía de Guatemala se encuentra en un muy mal momento, el presidente pidió a los comerciantes que tomasen medidas para aliviar la grave situación. Hasta se llegó al extremo de cerrar los establecimientos de educación pública, porque no hay fondos públicos para seguir operando.

»Así que, ante los desaciertos y arbitrariedades de Reina Barrios, no son de extrañar los hechos que se dieron y que se levantara una insurrección: Tanto en el occidente como en el oriente del país, el malestar es generalizado.

»Para terminar, creo que se presentó una buena ocasión que, sin ningún lugar a duda, aprovecharon muchos interesados para colocar estratégicamente sus fichas en el tablero del juego nacional. En todos los ámbitos: políticos, financieros y religiosos.

—Por todo ello, mi querida Juana, nos vemos ahora inmersos y envueltos en estas aguas revueltas y turbulentas —dice doña Lola al final de la narración de don Lorenzo, quien luego de haber descansado un poco ahora los acompaña—. Mi esposo ha parado en la cárcel por sus simpatías políticas, pero, en mi opinión, creo que hay algo más en todo esto.

El mayordomo se presenta en la sala, les informa de que la comida está lista y les pide que pasen al comedor. Esto ocurre bastante más tarde de lo acostumbrado debido a los últimos acontecimientos, lo que permitió las intervenciones ilustrativas de los caballeros.

Todos los presentes se levantan de sus asientos y se dirigen al comedor. A pesar de las galleticas, todos están muy hambrientos.

9

¡A galope!

Viernes, 10 de septiembre de 1897
Por la madrugada

Un poco antes de que el astro sol se haga presente, y al alba se asome tímidamente, se entrevé en la penumbra a un jinete cabalgando por el bulevar La Independencia, antigua calzada La Ciénaga. Va rumbo a la ciudad capital por el antiguo camino real.

El jinete, aparte de su montura, lleva otros dos corceles atrás de él. Van sujetos a la silla de montar del primero por medio de una reata. Lleva los otros corceles para ir alternando de cabalgadura durante el camino, y así recorrerlo en el menor tiempo posible.

Los briosos caballos son unos alazanes descendientes de los primeros traídos de Andalucía a la colonia allá por el año 1690, unos purasangres que son muy apreciados desde su arribo. Es común entre los criadores citar a Justino, al decir que estos briosos alazanes son hijos del viento y que, como su padre, galopan ágiles y veloces.

Rafael y el caballo que monta parecen un solo ser, se entienden a la perfección; seguidos de las otras bestias, salen de la ciudad a galope tendido. Decir que llevan prisa es gastar el tiempo en banalidades. La situación de don Juan es muy delicada y el tiempo apremia. Lo que hace apresurarse al andaluz, porque no es otro sino él quien se apresura a cumplir con el encargo de la familia Aparicio: entregar personalmente la carta que con su puño y letra escribió doña Lola para el presidente Reina Barrios.

Está prohibido salir de la ciudad, pero eso no amedrenta al jinete, aunque sabe que es peligroso, desconoce los peligros que pueda encontrar o las emboscadas en el camino. Como buen jinete sabe que un corcel aguantará poco tiempo el paso que llevan, pero a unos trescientos metros adelante cambiará el ritmo y la velocidad de viaje, ahora lo urgente es dejar la ciudad atrás.

Anticipándose a los peligros que pueda encontrar en el camino, en caso de salteadores y ladrones; enfundado lleva a un costado de su cabalgadura su Winchester y en su cinturón un revólver calibre 38.

Son un poco más de cincuenta leguas las que tiene que recorrer en el menor tiempo posible; por eso lleva muy poco bagaje, que consiste en un poco de alimento para las nobles bestias, colocado sobre los lomos de los corceles que van de refresco. De cualquier manera, él sabrá cómo arreglárselas durante el trayecto; de ser necesario pasará brevemente a una de las postas de la diligencia.

La encomienda que lo empuja adelante es de vida o muerte. De ser necesario viajará hasta de noche, se ha propuesto llegar el día doce a la ciudad capital. Ha hecho los cálculos y sabe que es factible. Alternando los caballos, estos llegarán bien a su destino; y él sabe que es capaz de permanecer todo ese tiempo sobre la montura, terminará algo quebrantado, pero sabe que soportará.

Rafael, que ronda los treinta y tres años, tiene una altura de 175 centímetros, es una persona delgada pero musculosa, con mucho nervio. Posee la disciplina, la habilidad y la determinación de los jinetes andaluces profesionales. Como conocedor del concepto del binomio, sabe entablar una buena relación entre jinete y caballo. Su pasión es la equitación, vive por ello y para ello.

El bulevar fue en tiempos pasados un fango insalubre, pero se ha transformado gracias al empeño que en su transformación ha puesto la Municipalidad. Este es uno de los paseos favoritos de los quetzaltecos y su amplitud permite realizar con comodidad y desahogo los ejercicios ecuestres.

Anualmente, este lugar se convierte en el escenario de la feria anual que se celebra en Quezaltenango, con motivo de las fiestas de la independencia, en donde año con año hay una gran animación popular. El campo de la feria se convierte en un pequeño pueblo improvisado, en donde se reúnen comerciantes, compradores, niños ávidos de aventuras, etc., y no faltan los aficionados a las carreras de caballos.

Mientras pasa por el lugar, vienen a la memoria del jinete, como un relámpago, recuerdos de las carreras de las cintas. Para estas carreras, determinadas señoritas preparaban cintas de vistosos colores, labor que no le encomendaban a nadie más y que se vendían a precios elevados. A la hora de inicio de la competencia, esas cintas enrolladas se colgaban a una altura determinada. Ante la presencia de un jurado compuesto por señoras y señoritas de la alta sociedad, un grupo de apuestos, gallardos y juveniles jinetes debían prender con una lanza durante una veloz carrera, la cinta de su elección. El primero en lograrlo ganaba la competencia.

Al finalizar la contienda, el vencedor se presentaba ante el jurado para que como premio le fuese adjudicada la cinta de su elección. Todo esto como un remedo de antiguas diversiones caballerescas, en donde seguramente no faltaría algún juvenil romance entre un jinete y la señorita que confeccionó la cinta escogida por aquel.

Durante el tiempo que Rafael tiene de residir en Quezaltenango, varios mozalbetes recibieron, antes de las fiestas, consejos suyos con el propósito de tener un buen desempeño en esas justas, para así poder impresionar a las damitas. Remembrando, Rafael se dice: «¡Ah, qué tiempos aquellos!».

Rafael deja rápidamente tras de él el lugar donde se celebra la feria y de donde parte el camino que lleva al hipódromo, el cual está en las faldas del cerro Tecún Umán. No hay guardias fuera de la ciudad en esta salida, es posible que estén apostados en otra parte o por la salida a Almolonga. Sabe que debe proseguir con muchas precauciones, porque puede encontrar más adelante un puesto de guardia o un contingente militar.

El lugar permanece en silencio, esperando tiempos mejores, por ahora, ante los acontecimientos que se están desarrollando, no habrá feria.

La ciudad todavía duerme, el único sonido que se escucha por el sector es el de los herrados cascos de los caballos y, de vez en cuando, la voz del jinete y los relinchos.

—¡Aja! —grita Rafael, y los animales responden con alegres relinchos al tiempo que mantienen el paso. El que viere este cuadro y conozca al andaluz puede decir: «Razón tienen los que dicen que habla con los caballos».

Regularmente, cuando Rafael monta a caballo, va ataviado con traje campero de faena, remembranzas de su natal Sevilla: sombrero ribeteado de banda y ala ancha, camisa blanca de chorreras, para ocasiones especiales, pero por lo general lisa, chaquetilla corta y pantalón estrecho de color gris, fajín alrededor de la cintura y, dependiendo de la ocasión, botines o botas de montar.

En esta oportunidad lleva un rústico pantalón de algodón; lleva sobre la camisa, también de algodón, a manera de capa un grueso poncho de lana y cubre su cabeza con un sombrero ancho de petate, asegurado bajo la barbilla con una correa de cuero.

La única prenda que no ha cambiado son sus botas de montar, las cuales trata de cubrir lo mejor posible con el pantalón; trata de pasar inadvertido.

Y mientras cabalga, luego de los recuerdos que pasaron fugazmente por su cabeza, va reflexionando y meditando. De pronto se da ánimos ante la aventura por delante y los posibles peligros del camino tarareando una canción:

Las tierras, las tierras, las tierras de España,
las grandes, las solas, desiertas llanuras.
Galopa, caballo cuatralbo,
jinete del pueblo,
al sol y a la luna.

¡A galopar,
a galopar,
hasta enterrarlos en el mar!

A corazón suenan, resuenan, resuenan
las tierras de España, en las herraduras.
Galopa, jinete del pueblo,
caballo cuatralbo,
caballo de espuma.

¡A galopar,
a galopar,
hasta enterrarlos en el mar!

Nadie, nadie, nadie, que enfrente no hay
nadie;
que es nadie la muerte si va en tu montura.
Galopa, caballo cuatralbo,
jinete del pueblo,
que la tierra es tuya.

¡A galopar,
a galopar,
hasta enterrarlos en el mar!

10

La Sevillana

Viernes, 10 de septiembre
Por la noche

En el centro de la ciudad, el ayuntamiento, otros edificios y los jardines están iluminados, aunque esta noche permanecen desolados los últimos. Hay un profundo silencio que solo se ve interrumpido por las campanadas cada quince minutos del reloj de la torre.

La desolación, aparte de las lluvias, seguramente se debe a las noticias sobre la revuelta y a las detenciones a causa de esta; por lo que, además, hay un ambiente de mucha tensión en la ciudad. Debido a los hechos conocidos, el jueves recién pasado no se llevó a cabo el concierto que se acostumbra cada jueves, en el jardín La Juventud, amenizado regularmente por la banda militar de la comandancia de armas.

El día anterior, en horas de la mañana, el Ayuntamiento reunido en sesión extraordinaria manifestó que desconocía la causa de prisión del alcalde primero, don Sinforoso Aguilar, quien tomó posesión del cargo el uno de enero de 1897.

Acordaron ir a la casa del jefe político al terminar la sesión para solicitar su liberación, y que, en caso de que no se le diera libertad, solicitar que se le permitiera permanecer detenido en el salón municipal del ayuntamiento, con la custodia que el jefe político designe. Respecto a las fiestas de independencia, no hubo comentarios en la sesión del Ayuntamiento, por lo que, al parecer, no habrá celebraciones. Luego de firmar el acta del día, se dirigieron a la casa del jefe político y comandante de armas.

Parece que las diligencias respecto al alcalde no dieron resultado porque don Sinforoso Aguilar, al presente día, aún permanece detenido en el cuartel de artillería.

Por la mañana llegó a la ciudad la noticia, vía telegráfica, de que el presidente, por medio del decreto número 535, con fecha 10 de septiembre, declaró con vigencia desde ese mismo día, estado de sitio en todo el país, y suspendió los derechos y las garantías individuales.

Ya se ha hecho presente la noche, poco a poco han cerrado, cuando nació la noche, a la hora del crepúsculo, los pocos negocios que abrieron ese día, debido a las lluvias, pero sobre todo debido a los recientes acontecimientos que ya son del dominio del vecindario. En la calle real del Calvario, dos o tres transeúntes van caminando despacio, porque las calles y las aceras se vuelven demasiado resbaladizas con el agua; los vecinos van con paraguas o protegiéndose bajo los aleros de las construcciones. Fue una tarde lluviosa y aún de noche sigue lloviendo, el agua baja también de los tejados y corre por las calles buscando donde desfogar.

A pesar de la agitación de la presente semana y la desolación en la antigua plaza de Armas, esta noche el restaurante y cantina La Sevillana cuenta en su interior con un buen número de parroquianos; los cuales se hallan cómodamente sentados en diferentes mesas mientras comen algo o beben una bebida espirituosa, desde un aguardiente hasta algo más glamoroso.

La Sevillana, aunque es un restaurante y cantina, no por esto es un antro de mala muerte. Cuenta con una sección de vinatería y venta de productos importados, y está ubicada entre la calle real del Calvario y la tercera avenida sur. El restaurante es propiedad de don Severo Martínez, originario de un pequeño pueblo de Asturias, España. Don Severo le compró el negocio a don José Arocha, quien lo estableció en 1886. Don José también nació en el viejo continente, en la ciudad andaluza de Sevilla, de ahí el nombre del restaurante.

La Sevillana es un lugar amplio, y gracias al alumbrado eléctrico, la instalación de energía eléctrica actualmente se está promocionando fuertemente en la ciudad; está adecuadamente iluminado, no con profusión, pero si lo suficiente. Si alguien lo pide, le colocan un quinqué de opalina blanca sobre la mesa. Las mesas son para cuatro comensales y cuentan con sillas bastante cómodas, y, acostumbran los fines de semana poner mantelería blanca y usar su mejor vajilla.

La Sevillana es un lugar no lujoso, pero sí limpio y bastante cómodo. Al fondo destaca la barra-mostrador; detrás, unas estanterías, en las cuales se exhiben diferentes clases de botellas de cervezas, de aguardientes, coñacs, rones, vinos, anisados, etc. A un costado de la barra hay colgados jamones serranos, chorizos, longanizas y lomos ahumados.

Por las tardes acostumbra a llegar clientela para degustar un café o un chocolate, acompañando estas bebidas con unas deliciosas champurradas. Porque si de algo se precia también La Sevillana es de servir un muy buen café de la finca La Florida, perteneciente a la familia Monzón, y un delicioso chocolate, elaborado con las diestras manos de diferentes chocolateras que viven en la ciudad, especialmente el que pasa por las manos de doña Pancha.

Hace más de dos mil quinientos años, los mayas, preparaban el chocolate a partir de las semillas de cacao, este solo puede crecer en las tierras bajas donde no hay heladas. El cacao, aparte de ser el principal ingrediente del chocolate, también tuvo la función de moneda muchos años antes de la conquista.

Planea don Severo expandir el negocio, vender abarrotes y heredar el negocio ya bien establecido a su hijo Alfredo.

Durante esta noche la mayoría de los comentarios, sin levantar demasiado la voz, porque nunca faltan los *orejas,* y menos en estos tiempos tan tumultuosos, en los que hasta las paredes oyen, giran alrededor de los últimos acontecimientos: el levantamiento de los revolucionarios en San Marcos; la detención de don Juan Aparicio, del licenciado Sinforoso Aguilar y otros ciudadanos y los esfuerzos infructuosos de doña Lola para liberar a su esposo.

Cómodamente sentados en la mesa de uno de los rincones, exactamente donde hay una puerta que funge de ventana y que tiene vistas a la tercera avenida sur, hay tres parroquianos que, para quitarse el frío, saciar el hambre y relajarse un poco, están disfrutando de un aguardiente Comiteco. Se han puesto de acuerdo en terminar la velada de esa noche con una copa de coñac Bisquit Dubouche. Para comer, dos de ellos han ordenado un plato de frijoles blancos con lomo de cerdo ahumado y chorizo; como guarnición, arroz blanco. Además, para acompañar la comida, pan francés recién horneado. El tercero de ellos prefiere un plato de chorizos extremeños, aderezados con chirmol de la casa, ligeramente picante, frijoles negros volteados, queso fresco y tamalitos dorados al comal para untarlos con los frijoles y espolvorearlos con el queso fresco.

Cuando les sirven los platos con las comidas a los tres parroquianos, estos comen y beben con tanta fruición que, al verlos comer y beber, a cualquiera se le despiertan el apetito y la sed.

Los comensales y bebedores son don B. James Cooney, un alto y corpulento norteamericano radicado desde hace mucho en la ciudad; los que le conocen lo nombran simplemente don B. J.; es el dueño del Establo Popular, ubicado este en la calle de La Reforma; don Jacinto Pacheco, un reconocido abogado y notario, quien, a pesar de acumular un buen número de años se mantiene delgado y siempre viste con elegancia; es socio de un bufete ubicado en el edificio del Banco de Guatemala; y don Andrés Córdova, un encantador joven, algo parlanchín, fue el comensal que se decantó por los chorizos extremeños, que es tenedor de libros de las empresas de don Juan Aparicio.

Aunque hay otros restaurantes, de buen comer y de buen servicio, conocidos cerca del centro de la ciudad, entre ellos: El Delmónico, La

Madrileña, La Lonja, El Quetzal, y el Restaurante & Hotel, que tiene un balcón descubierto con vistas a la plaza de Armas; este último está ubicado en el extremo levante del portal de Sánchez, enfrente del portal de Anguiano, nuestros comensales han hecho de La Sevillana, cuando la ocasión lo permite, su lugar favorito de tertulia.

Entre trago y comida, o entre comida y trago, han estado platicando esta noche sobre diversos asuntos y también con cierto sigilo sobre los singulares acontecimientos que no han escapado a nadie y, como era de esperar, la plática deviene sobre los detenidos.

—Según lo que leí hoy en el *Diario de Occidente* y en la edición especial de *El Bien Público*, parece que no hay causa de formal prisión a los detenidos —les comenta don Jacinto—. Al pasar en la mañana por la Peluquería de Londres a recortarme el cabello, encontré ahí a uno de mis colegas, quien me comentó que él piensa que tarde o temprano deben soltar a los prisioneros, pues es muy difícil probar alguna complicación o colusión e incluso parece que fueron detenidos sin ninguna orden de juez competente.

—Por otra parte, dicen que ha habido algunas batallas, pero aquí, ni olor a pólvora ni sonido de cornetas —les comenta don B. James.

—Bueno, es que los informes del *Diario de Occidente* dicen que los combates han sido en San Marcos y en San Juan Ostuncalco —acota don Jacinto—. No sabemos todavía que habrá de pasar en esta ciudad.

Mientras tanto, se acerca un mesero a una mesa cercana para acomodar a un par de clientes, seguramente hambrientos y sedientos. Por cierto, desconocidos a nuestros comensales. Luego de acomodarlos y dejarles la carta, con la recomendación del día escrita a mano; viene con ellos y les pregunta:

—¿Se les ofrece algo más a los caballeros?

—Por el momento estamos bien —responde don B. James—. Dentro de un rato si necesitamos algo se lo pediremos.

—Ya.

—Muchas gracias, Ramón.

—No hay de qué. Entonces, dentro de un rato vuelvo —les responde el mesero, al mismo tiempo que recoge unos platos vacíos, y se retira.

—¡Buenas noches, caballeros! —les dicen al unísono el par de visitantes recién acomodados.

—Buenas —les responden a medias y a secas nuestros comensales, indicando de esa forma que no desean entablar conversación con desconocidos.

Deben ser forasteros y andar de paso por la ciudad, no tiene caso. Aunque andan vestidos con traje y corbata, no tienen aire de distinción ninguno de los dos. Guardan precauciones, porque se oyó decir que muchos *orejas* andan rondando por la ciudad.

La lluvia ha arreciado, pero los comensales y bebedores se hallan a buen resguardo en La Sevillana, donde la atención, la calidad de comida y bebidas es proverbial. Los meseros diligentemente sirven a cada una de las mesas con prontitud y esmero. Mientras en la cocina, cocineras y ayudantes preparan los pedidos rápidamente.

Don Severo hace honor a su nombre, es una persona de pocas pulgas; siempre exige a cada uno de sus empleados lo mejor de ellos. Aunque esa noche no hay música, debido a la situación imperante, él procura que sus clientes disfruten, de buena comida y buenas bebidas, nacionales e importadas, como lo hace durante todo el tiempo, especialmente en esas frías y húmedas veladas. Sabe que al calor de los tragos y de participar de una buena mesa, se disfruta mejor una velada, y por ello al final de la noche partirán sus clientes satisfechos, con el estómago lleno y medio cabezones.

Tampoco faltan las indiscreciones, porque al calor de los tragos y con el estómago satisfecho, dicen que se suelta la lengua, y se habla más de la cuenta o hasta por los codos.

—Oiga, Andrés, ¿sabe cómo están los ánimos por la Casa Aparicio? Vi ayer a Rafael al medio día en mi establo —le pregunta don B. James—. Aunque iba con prisa y se le notaba meditabundo, conversamos brevemente. Fue por unos caballos de don Juan que regularmente están bajo nuestro cuidado, me dijo que los llevaría a la herrería de Nicolás Tobar para revisarles los herrajes. También me comentó que luego iba a la talabartería de don Melecio Santiago por una de las mejores sillas de montar que posee y que parece que le estaban arreglando; ¿qué sabe al respecto?

—Bueno, ya ustedes saben por lo que está pasando la familia de don Juan —responde Andrés, algo obnubilado por la bebida servida, y debido a ello con la lengua algo ligera—. Sin embargo, no pierden la esperanza; muchos telegramas se han enviado desde Xela al presidente solicitando la liberación de don Juan y de don Sinforoso. En cuanto a Rafael, él partió hoy por la madrugada, lleva una carta personal de doña Lola para el señor presidente.

—¡Baje la voz, Andrés! —le sugiere en ese momento don Jacinto—. O calle, tenga cuidado..., *las paredes tienen oídos.*

Las últimas palabras las ha dicho sin alzar la voz; para ello se ha inclinado ligeramente a su derecha y un poco al frente, para hablarle casi en la oreja. Al mismo tiempo, ve fijamente a don B. J., quien está sentado enfrente, como conminándole para que no prosiga con el cuasi interrogatorio o a que cambie de tema durante la conversación.

Atendiendo a la seña de don Jacinto, don B. James cambia de tema —esta acción ilustra mejor el viejo y conocido refrán: *al entendido, por señas; al rústico, ni con palabras*— e inmediatamente empieza a comentar que, posiblemente, con tanta lluvia, algunas de las calles de la ciudad podrían estar inundadas, para su fortuna, dice egoísta, por donde ellos viven no existe ese problema.

Ha llegado demasiado tarde la recomendación de don Jacinto, uno de los comensales de la mesa cercana escuchó perfectamente lo que dijo Andrés, pero *finge demencia*, como oír llover. Si alguno sospechó de estos, tenía razón, son *orejas* del Ministerio de Gobernación, recién llegados a la ciudad y que se hospedan en el hotel Colón, y donde al llegar se registraron como agentes vendedores. Han llegado a la ciudad para apoyar al coronel Roque Morales, están bajo el mando del coronel Miguel González, y lo hacen espiando a los pobladores, mezclándose con ellos.

En ese ínterin llega Ramón, el mesero, para recoger la orden de los visitantes que están acomodados a la par de nuestros comensales; y luego de tomarles la orden, se dispone a servirles con prontitud.

Al envejecer la noche, la lluvia se apacigua, lo que aprovechan nuestros parroquianos, luego de haber comido y bebido a satisfacción, para pedir y tomarse relajadamente el trago del estribo, el Dubouche. Al terminar piden la cuenta, la cual, al recibirla, pagan dejando una generosa propina al mesero.

Llegando la hora de partir, nuestros conocidos comensales se levantan de la mesa y se dirigen a sus respectivas casas de habitación. Afuera hay un carruaje esperando, es el de don B. James Cooney. quien se ha ofrecido a llevar a sus casas, sanos y salvos, a sus compañeros de mesa y de jarana, y sobre todo secos, por lo menos externamente, por si volviera a llover.

Los foráneos se quedan por un momento y luego uno de ellos se acerca a la puerta y cuando no ve afuera a ninguno de los que partieron, ni el carruaje, con una seña llama a su compañero, el cual se levanta de la mesa y, dirigiéndose a la salida, indica a uno de los meseros que sobre la mesa dejó el importe de lo que él y su compañero pidieron y que fuera a cerciorarse. Lo que aquel hace con diligencia, eso sí, estos no dejaron propina, aunque el servicio y la atención fueron igual para todos.

Cuando los dos agentes encubiertos salen de La Sevillana, al llegar a la calle real de San Nicolas, suben apresuradamente la cuesta, lamentándose de la buena comida y el Comiteco que tuvieron que dejar a medias. Se encaminan rumbo al cuartel de Artillería en búsqueda de Roque Morales para darle parte de lo que han escuchado. El coronel ha estado esperando durante todo el día tener noticias de las pesquisas de los agentes encubiertos, a quienes coordina y supervisa en la ciudad el coronel Miguel *el Pararrayos* González, no quiere tener cabos sueltos en sus pesquisas.

Cuando le informan de la partida del andaluz y de su encomienda, monta en furia y llama al coronel González y a otro de sus subalternos para analizar la acción que seguir. Perseguir al jinete es imposible, hacen cálculos y determinan que este lleva de quince a dieciocho horas de ventaja, ignoran por cuál camino se dirige a la ciudad capital, motivo por el que reprendió a los *orejas* por transmitir información a medias, y desconocen también el hecho de que el mensajero lleva consigo tres caballos.

Tienen información de lo buen jinete que es Rafael y de la calidad de caballos, sobre todo los cartujanos y los árabes, con que cuenta la cuadra de los Aparicio, lo que los perturba. La mejor alternativa es detenerle en el camino, pero las preguntas que están en el aire son ¿dónde?, ¿quién?, ¿pasará por las postas o las rodeará? Lo mejor que se les ocurre es intentar detenerle a la altura de San Lucas Sacatepéquez o de Escuintla, cubriendo los dos caminos de acceso a la capital. Se les ocurre que avanzadas de comandancias cercanas a La Antigua y Escuintla pueden emboscarlo, ya sea para detenerle o acabar con él.

Luego de tomar esta determinación llaman por teléfono a las comandancias cercanas a los lugares mencionados para solicitar que detengan al emisario de doña Lola de Aparicio. Al establecer comunicación y recibir el beneplácito de los oficiales a cargo de las comandancias, les dan las señas y pormenores necesarios respecto al sujeto a detener y les instruyen que deben ir a esperarle lo antes posible, quién sabe si este andaluz cabalgará de noche y se les anticipe y *les coma el mandado.*

—¡Es muy capaz! —les dice el coronel Ozaeta, y añade—: Cuentan los que le conocen que, por mucho, es el mejor jinete de la región o incluso del país.

11

En Palacio

> Martes, 7 de septiembre
> Tarde noche

El día está por despedirse y la noche se asoma tímidamente, es el ocaso de un día más. Mientras tanto, sentado en el escritorio de su amplio y elegante despacho, se encuentra el presidente de la República degustando una taza de café junto a unos ilustres visitantes.

—Estoy muy agradecido con usted, señor presidente, por los términos en que quedamos con el acuerdo firmado por la mañana —le dice Mr. John Carter, embajador del Reino Unido, a quien le acompaña su secretario, Andrew Wagner, un joven abogado recién graduado de Oxford—. Aprovechando su anuencia he venido a despedirme, como es de su conocimiento, me ausentaré de estas tierras una breve temporada.

—Faltaba más, señor embajador, le agradezco que haya venido a despedirse personalmente antes de su partida a su tierra natal, espero verle pronto.

—Cuente con ello.

Los acompaña el ministro de Gobernación y Justicia, don Manuel Estrada Cabrera, porque, se sabe que Reina Barrios no ejecuta nada sin antes consultarle a Estrada Cabrera, quien, por el ministerio que está bajo su responsabilidad, tiene conocimiento de todo lo que ocurre en el país. Haciendo una analogía con el rey Luis XIII de Francia, Manuel Estrada Cabrera es para el gobernante guatemalteco su *eminencia gris*.

Luego de sorber un poco de café, el presidente Reina Barrios intempestivamente se pone de pie y acercándose a los amplios ventanales que dan a uno de los balcones, los abre de par en par y sale al balcón. Observa detenidamente y con arrobamiento la plaza. Como rayos fugaces vienen a su memoria aquellos días de la inauguración del palacio donde están ahora cobijados los presentes.

—¡Ah, qué tiempos! —exclama el general mientras rememora brevemente, sorprendiendo a los presentes.

Ignorando en qué está pensando el señor presidente, porque hasta a esas no llega, el licenciado Cabrera, quien junto a los otros dos acompañantes se pone de pie y se une al presidente en el balcón, silenciosamente y sin distraerle, le pregunta:

—¿A qué tiempos se refiere, señor presidente?

—A la noche en que se inauguró este edificio, ¡qué fiesta!, ¡qué velada la que tuvimos! —le responde el gobernante.

Mr. John, quien domina el español porque vivió un buen tiempo en Madrid como diplomático e incluso en su mocedad hizo estudios allá, picado por la curiosidad le dice:

—Señor presidente, ¿qué más recuerdos de esa noche pasan por su cabeza?, cuéntenos.

—Mandé a construir este palacio porque el antiguo era un adefesio, que estuvo en funciones desde la independencia. Este, señores —dice el presidente, dando un ligero zapatazo hacia abajo—, se construyó en la huerta de ese antiguo palacio.

»Se construyó entre 1895 y 1896; en la inauguración junto a mi esposa hicimos los honores a nuestros invitados. Recuerdo muy claramente que para esa ocasión tuvimos una gran orquesta y el baile estuvo muy animado, tanto que no decayó durante toda la celebración.

El presidente volteándose y mirándole fijamente le dice al ministro de Gobernación:

—Lo vi a usted muy alegre esa noche, Manuel.

—¡Ah!, sí, fue una gran celebración, con un exquisito banquete y una velada extraordinaria —responde Estrada Cabrera—, aunque si se recuerda, señor presidente, me retiré temprano, tenía cosas que hacer.

Mientras habla el ministro, se ve al presidente que de la nostalgia pasa a la perturbación, ahora tiene el ceño fruncido, por lo que no sorprende cuando exclama:

—¡Y ahora nos encontramos enfrentando esta debacle económica que nos agobia! Se debe principalmente a la caída del precio del café, ¡y por si fuera poco una revuelta en el occidente! —señala Reina Barrios a los presentes.

—Ya vendrán tiempos mejores —le dice el embajador con flemática voz—. Después de la tormenta viene la calma, señor presidente.

—Eso espero —le dice el gobernante—, y ojalá que esto no se vuelva un temporal.

—Señor presidente, nosotros nos retiramos muy agradecidos por su atención —le dice el embajador, quien como buen diplomático entiende que es hora de marcharse.

—Señores, que tengan buenas noches, espero verlos en otra oportunidad —les dice el gobernante.

Mientras los diplomáticos ingleses se retiran, acompañados por un ayuda de cámara, el presidente le hace señas al ministro Cabrera para que se siente junto a él en una mesa cercana. El asistente de cámara que les atiende se ha acercado con dos tazas de café fresco, las cuales pone frente a cada uno. Conoce los gustos del gobernante y del ministro. Al estar acomodados en la mesa, el mandatario le pregunta:

—Manuel, ¿qué novedades hay respecto a la sublevación en el occidente?

—La revuelta se inició hoy por la tarde en San Marcos como usted sabe, poco después de mediodía. Tuvimos información hasta que se cortaron las comunicaciones —le responde oficiosamente el ministro de Gobernación—. Los alzados en armas partieron luego con rumbo a San Pedro Sacatepéquez. Se anticipa que posiblemente salgan mañana con dirección a San Juan Ostuncalco y que lleguen a ese pueblo al mediodía. Al llegar a esa plaza los enfrentará la guarnición local con refuerzos de la comandancia de Quezaltenango.

Aunque el tono de la voz del ministro expresa preocupación, al mismo tiempo que informa, trata de calmar al presidente, a quien le sigue dando pormenores—: Si logran pasar de San Juan, de cualquier manera; en Quezaltenango, las tropas son leales y, de ser necesario, ahí serán enfrentados los revoltosos por el coronel Roque Morales y, sin ningún lugar a duda, este los derrotará pues cuenta con suficientes unidades y pertrechos.

—Eso espero, Manuel —le dice el presidente, lanzando un largo suspiro—. En cuanto a los pobladores de Xela, ¿qué se sabe? —sigue inquiriendo el gobernante, con el ceño fruncido por la preocupación y la inquietud ante el incierto panorama; como está un poco nervioso ha dejado caer dos o tres gotas de café sobre su regazo.

—Al parecer, la ciudad de Quetzaltenango está en calma —le informa Estrada Cabrera con voz serena—. Me han informado de que de las personas sobre las que mantenemos vigilancia, uno está ocupado en sus negocios cerca de Zunil y el otro está atendiendo sus responsabilidades en el ayuntamiento.

—Y en cuanto a los enemigos del Gobierno y que son los líderes de los descontentos, ¿qué se sabe de ellos últimamente? —le pregunta.

El ministro le responde:

—El general Próspero Morales, así como el licenciado Feliciano Aguilar, no han sido vistos en Quezaltenango estos dos últimos días, aunque creemos que están en San Marcos; debido a que cortaron las comunicaciones no tenemos más información. En cuanto al general Fuentes Barrios, se encuentra al frente de los alzados en armas en San Marcos.

—Hablaré con el viceministro de la Guerra inmediatamente para que instruya a Roque a estar preparado ante cualquier eventualidad, y que no dude en poner mano dura de ser necesario —le dice Barrios con vehemencia, apretando el puño derecho—. Estoy preocupado por la vida de mi hermano que está destacado en San Marcos; si se atreven a ponerle mano encima, actuaré sin miramiento. Gracias, Manuel, esté pendiente de cualquier información; si hay algo extraordinario no dude en hacérmelo saber, de lo contrario lo veo mañana a primera hora.

—Como usted diga. Hasta mañana, y buenas noches, señor presidente —le dice el ministro de Gobernación mientras se pone de pie y se retira.

El presidente ni la mano le ha extendido para despedirlo, está reflexionando sobre los últimos acontecimientos. Sabe que los generales que están alzados en armas son de cuidado y gozan de reputación e influencia dentro de las fuerzas armadas. Absorto, mirando al techo, secamente responde:

—Vaya con Dios —es lo único que le dice.

—¡Ponciano! —grita de repente el presidente llamando al oficial que es su ayuda de cámara.

—¡A la orden, señor presidente! —responde Ponciano al mismo tiempo que se cuadra taconeando. El oficial está siempre atento a las órdenes de su señor, al que sirve con la mayor devoción. Quién sabe si por respeto o por temor y quiere mantener su cabeza, firmemente asegurada, sobre sus hombros.

—Vamos a donde ya sabés, que nos acompañe la guardia debidamente armada —le instruye—. Que vayan tres grupos, son tiempos peligrosos y no sabemos qué puede presentarse en el camino. Saldremos a las siete y media de la noche.

—Enterado señor presidente, saldré a cumplir sus órdenes. —Cuadrándose y taconeando una vez más, se retira el ayuda de cámara a hacer los preparativos ordenados.

El general Reina Barrios se levanta de su escritorio y se asoma de nuevo a uno de los ventanales con vistas a la catedral metropolitana y a la sede del Ayuntamiento; la plaza de Armas está completamente iluminada y presenta esa noche una vista espectacular.

Vuelven a acudir a su memoria los recuerdos de aquellos días de la revolución de 1871, cuando anduvo de guerrillero con su tío Justo Rufino, hermano de su difunta madre, doña Celia Barrios de Reina, a la que él proclamó como «primera madre de la nación».

En aquellos tiempos las plazas de las principales ciudades se iluminaban con lámparas de aceite o de gas; las residencias, con quinqués o candelabros de velas; las calles del centro de las principales ciudades eran todas polvorientas, sin empedrados, eran unos verdaderos lodazales en tiempos de lluvia. Muchas cosas han cambiado desde la revolución.

Parado en la ventana, su figura no se ve imponente, sino, más bien, insignificante; tiempo atrás le menospreciaban debido a su corta estatura, algunos, los pocos, de frente, la mayoría a escondidas, diciéndole: Reinita, don Chemita o Tachuela. Ahora no se atreven por su posición y poder. Algunos también dicen a escondidas, que por su complejo le gusta montar un caballo grande, al cual se sube parándose sobre un banco o en su defecto auxiliado por un subalterno. Añaden sus críticos que pidió ser retratado montando su cabalgadura, vestido asemejándose al emperador Napoleón Bonaparte.

A pesar de todo, hizo obra, pero mareado por el poder, se dejó embaucar por los aduladores y traicioneros llamados conservadores. A causa de ello cometió muchos desaciertos, los que ahora le están causando dolores de cabeza y largas noches sin poder conciliar el sueño; a pesar de sus frecuentes escapadas a gentiles brazos, y la dueña de estos, quién sabe si por amor o por conveniencia, le prodiga infinidad de arrumacos.

Mientras piensa en esas escapadas, contempla con arrobamiento los edificios que están alrededor de la plaza, él sabe que las cartas están echadas y hay que seguir para adelante.

Cuando llega la hora señalada para ir a su personal templo de Afrodita, termina de acicalarse para ir a entregarse en cuerpo y alma a los placeres carnales, no sin antes tocarse en la entrepierna y asegurarse con satisfacción que la artillería está en su debido lugar y lista para la acción. Así parte muy animado por lo que le espera, y mientras va caminando se dice a sí mismo: «Ella me hará olvidar por esta noche todas estas contrariedades que están pasando».

Miércoles, 8 de septiembre
Por la noche

Son las siete de la noche y el presidente Barrios está en su despacho preparándose para retirarse a sus habitaciones; esta noche no saldrá, se siente muy cansado y abatido. Pasado el mediodía le informaron de que hubo un combate en San Juan Ostuncalco entre las tropas oficiales y los alzados en armas, prevaleciendo estos últimos. Se prevé que de un día a otro lleguen a Quezaltenango los revolucionarios.

Justo en el momento en que se dispone a salir del despacho y retirarse a sus aposentos, se presentan afuera del despacho presidencial el viceministro de Guerra y el ministro de Gobernación y Justicia, los cuales solicitan hablar con el presidente. Luego de las formalidades correspondientes con el secretario del presidente y la venia de este, los llevan ante la presencia del gobernante.

—¡Buenas noches, señor presidente! —saludan al unísono.

—Buenas noches, señores. ¿Qué les trae por acá a esta hora?

—Se ha recibido un telegrama urgente para usted —le dice el licenciado Manuel Estrada Cabrera.

—¿Quién lo envía?

—Es de parte de don Juan Aparicio, a quien detuvieron hoy por la tarde por instrucciones del coronel Roque Morales. Ahora se encuentra en la penitenciaría de Quezaltenango —le informa su interlocutor.

—¡Solo eso me faltaba! —les dice el gobernante, levantando por un breve instante ambas manos—. La revuelta se va a poner color de hormiga. Léanme el telegrama por favor.

El ministro de Gobernación inmediatamente procede a leer el telegrama, en el cual el detenido informa de su situación y solicita ser puesto en libertad, pues no se le ha informado a causa de que esté detenido, y declara, asimismo, que su conciencia está tranquila ante cualquier situación.

Luego de cavilar los tres reunidos, atendiendo a los acontecimientos que se están dando y conociendo que don Juan es simpatizante y financista del general Fuentes Barrios, lo cual indica el viceministro de Guerra, en sí, esto no tiene nada de malo, pues muchos lo hacen con los candidatos de sus simpatías, además fueron aportaciones para una candidatura y no cree, dice él, para la presente revolución, se dispone que por un par de días don Juan permanezca en prisión, mientras se hacen algunas investigaciones, luego se le pondrá en libertad.

El presidente envía un telegrama de respuesta a don Juan. Le indica el supuesto cargo que hay en su contra, pero que más adelante ordenará su libertad, aunque le advierte que cuando esto suceda, bajo ningún motivo debe salir de la cabecera departamental.

10 de septiembre
Por la mañana

Desde las siete de la mañana, el señor presidente, general José María Reina Barrios, está reunido en la sala de juntas con su gabinete. Informan durante la reunión al presidente que el alcalde primero de Quezaltenango, don Sinforoso Aguilar, fue detenido dos días antes, lo mismo que otros vecinos de esa cabecera. Los detenidos son acusados de participar en una conjura. A muchos de los que participaron en esa reunión no pudieron localizarlos. Desaparecieron misteriosamente, pero los andan buscando denodadamente los oficiales del servicio de inteligencia.

En cuanto a las fuerzas de los alzados en armas no se tiene ninguna nueva noticia, salvo que partieron de San Juan Ostuncalco a donde llegaron el día ocho, alrededor del mediodía. Se espera que de un día a otro lleguen a las goteras de Quezaltenango.

—¿Cuál sugieren que sea nuestro próximo paso, señores? —pregunta el gobernante.

—Decretar toque de queda —sugiere uno de los ministros.

—Ante lo peligroso de la situación, lo más prudente es decretar un estado de sitio —sugiere otro.

Luego de breves deliberaciones se decide decretar estado de sitio, considerando que por el momento no es conveniente decretar un estado de queda.

El decreto lo elabora principalmente el ministro de Gobernación con la asesoría del viceministro de Guerra. Al terminar, leen el documento ante el gabinete en pleno, y todos de acuerdo lo firman, empezando por el presidente de la República. Es así entonces como, por medio del decreto número 535, con fecha 10 de septiembre de 1897, se declara estado de sitio en el país y se suspenden las garantías individuales.

Inmediatamente se giran las instrucciones correspondientes al Ministerio de Guerra para que el grueso del ejército esté listo ante cualquier eventualidad y para partir a donde sea necesario con la mayor brevedad posible.

También se envían instrucciones al comandante de armas de Quezaltenango para que esté preparado en todo momento para presentar batalla inmediatamente a los alzados en armas en caso de llegar a esa cabecera, lo cual dan casi por hecho, y a que con la mayor brevedad informe de todo lo que pasa en esa localidad.

12

Celada

> Domingo, 12 de septiembre
> 4 de la mañana

El día 12 Rafael ha llegado a inmediaciones de San Lucas Sacatepéquez, un pequeño poblado, luego de una cabalgata de dos largos días, cabalgando de sol a sol y parte de noche, le han ayudado a avanzar los claros de luna de la semana, con breves descansos.

San Lucas Sacatepéquez es una pequeña población, la cual, desde el camino principal, cuenta con dos accesos principales. Nuestro jinete se encuentra descansando, retirado a veinticinco metros de la vera del camino, está a un poco más de un cuarto de legua del primer acceso, con dirección de Tecpán a la capital.

Tuvo cuidado durante su travesía de no pasar por las postas; se desvió del camino antes de llegar a ellas y volvió a este luego de recorrer por el campo un cuarto o media legua. Tampoco hizo fogatas por las noches para calentarse; luego de las lluvias colocó su poncho sobre uno de los caballos, para que se secara, teniendo cuidado de poner entre el lomo del caballo y su poncho una manta.

Se acercó solamente a los lugares donde hay conocidos de la familia Aparicio: entre ellos, unos que viven cerca de la encrucijada de donde parte el camino que lleva al Quiche, y otros por una finca en los alrededores de Tecpán, población que rodeó, para no pasar por ahí.

Los caballos han recorrido una gran distancia, pero aún están vigorosos, Rafael les revisó a las nobles bestias los herrajes y estos están en perfectas condiciones. El jinete se siente bastante cansado y molido por la cabalgata y el ajetreo, pero le anima el saber que está a punto de llegar a la capital de la República para cumplir con su encomienda. Rafael calcula que está entre cuatro o cinco leguas de distancia de su destino, incluso a pie puede llegar entre unas cuatro o cinco horas a inmediaciones de la capital.

Afortunadamente, no ha tenido tropiezos en el camino y ha conseguido forraje y bebida para sus monturas por donde se ha detenido. Pero es momento de andar con sumo cuidado, la buena fortuna puede abandonarle. Arriba, por el camino donde transita, está el desvío que lleva a La Antigua, donde sabe que hay un importante contingente militar; por lo que luego de descansar brevemente, pasadas las cuatro de la mañana, decide irse a pie durante un rato, eso le ayudará a la circulación, va jalando a los caballos por medio de las riendas. De esperarle, seguramente esperan ver un jinete y no a un arriero jalando caballos. El factor sorpresa estará a su favor ante cualquier eventualidad.

Cuando está cerca del desvío a La Antigua ve a lo lejos, a un lado del camino principal, un resplandor. Deja a los caballos amarrados a unos veinte metros de la vera del camino y, tomando su Winchester, decide ir a ver qué pasa. Rápidamente y por precaución se coloca unos trapos en las botas para amortiguar el ruido de sus pisadas.

Al llegar cerca del resplandor, lo que divisa es una débil fogata a la orilla del camino, a su mano izquierda, y antes de esta el camino está ligeramente obstaculizado en el centro con unos arbustos.

El silencio en torno a la fogata apenas se rompe por el débil crepitar de las ramas que están por consumirse. Rafael se acerca sigilosamente un poco más y logra ver del lado contrario a la fogata unos caballos amarrados a un lazo y este por las puntas a dos árboles casi a la vera del camino. Se acerca un poco más, aunque escondiéndose entre la vegetación. Al llegar cerca de los arbustos, se mantiene agachado, y cuenta los caballos, son tres. Como a dos metros de la fogata, ve a dos personas durmiendo. Falta el tercer jinete. De pronto lo divisa, ha ido a hacer aguas, pues lo ve regresar a su puesto cerrándose la bragueta, maniobrando torpemente los botones. He ahí la razón por la que ha descuidado la guardia que se le ha encomendado. La guardia la han puesto a un lado de los arbustos, para su fortuna a su mano izquierda, lo supone porque ha logrado ver un rifle recostado sobre estos; seguramente el frío ha empujado al soldado, que no es otro su oficio por la vestimenta, a ir a aliviar la vejiga.

Se adelanta al soldado que no se ha percibido de nada a su alrededor, pues está muy cansado y somnoliento. Este es uno de los vigías que enviaron de La Antigua. Tienen más de un día de estar vigilando en ese lugar, por lo que deben de estar bastante aburridos, con hambre, con frío y medio mojados pues llovió mucho el día anterior; lo que les empujó a hacer una fogata para secarse y calentarse. El andaluz, rápidamente y sin hacer ruido, llega junto al desprevenido vigía, lo encañona con el rifle en la nuca y al mismo tiempo le dice casi en un susurro, pero con firmeza y entendible: «¡No grites ni te muevas! ¡O te mueres, cabrón!».

El soldado, confuso y asustado, no atina a comprender lo que está pasando. Rafael aprovecha la ocasión y su confusión y rápidamente le maniata y amordaza con unos de los grandes pañuelos que acostumbra a usar y que siempre que va de viaje lleva dos o tres en sus bolsillos. Luego de esto le hace sentarse sobre el suelo. Del otro lado se oye el gemido de uno de los soldados, pues uno de los caballos ha relinchado, y medio le han espantado el sueño, pero Rafael llega en un santiamén cerca de ellos y pateándoles ligeramente les termina de despertar. Los guardias aturdidos no saben si es el día del juicio o el día de los aparecidos, están más dormidos que despiertos.

—¡No se muevan o les disparamos! —les grita, para dar la impresión de que no anda solo—. ¡Quédense calladitos!

Los aturdidos soldados le creen. Además, quién solitariamente se atrevería a enfrentase a tres soldados. «Deben ser los revolucionarios», pensará tal vez uno de ellos.

Lo que aprovecha Rafael para ordenar que uno de ellos amarre las manos de su compañero, y él hace lo mismo con el último, revisando que el primero esté lo suficientemente atado. Apaga la débil fogata y hace caminar a los tres confusos soldados como a seis metros de la vera del camino, y les ordena sentarse sobre el suelo; cuando estos se sientan, sin perder tiempo amordaza a los dos últimos y amarra a los tres firmemente de los pies con un lazo, y los deja ahí.

—¡Cabo, vigílelos! ¡Al menor movimiento mátelos! —grita, fingiendo la voz.

Sin perder tiempo, va por sus caballos y, cabalgando rápidamente, regresa al lugar donde estaba la fogata, la cual apagó antes de amarrar a los guardias con el propósito de que estos estén más confundidos en medio de las tinieblas.

—¡No se muevan, señores, ni intenten nada, les estamos apuntando! —vuelve a gritarles, fingiendo de nuevo la voz.

Vuelve a revisar sus ataduras, y ahora, con la cuerda con que les ató los pies y las manos de uno de ellos, hace un nudo de tal manera que, con algo de esfuerzo, el guardia pataleando y manoteando pueda soltarse, aunque no tan fácilmente, algo debe costarle. No quiere que mueran ahí, por si no llega a pasar alguien y los auxilie.

Los confusos, amarrados y amordazados soldados han creído que hay más de un atacante, por las diferentes voces y por el ruido de los cascos. Nunca sabrán la verdad, el jinete ya estará lejos cuando ellos al fin puedan desamarrarse.

Rafael, jalando los caballos de los soldados por medio de las riendas atada a un lazo, junto a los propios, se dirige galopando hacia la capital. Como a un cuarto de legua se detiene y ata los caballos de los soldados a seis metros de la vera del camino, porque ladrón o cuatrero no lo es. Cuenta con el amanecer para poner tierra de por medio, la jornada iniciada el viernes ha sido larga y extenuante, pero él sabe que hay que mantenerse fuerte bajo la lluvia si quiere verse un arcoíris.

Y así se dirige a la capital para entregar la carta de doña Lola al señor presidente de la República. Aunque todavía no puede cantar victoria, sin embargo, vuelve a animarse una vez más tarareando la que es una de sus canciones favoritas:

A corazón suenan, resuenan, resuenan
las tierras de España, en las herraduras.
Galopa, jinete del pueblo,
caballo cuatralbo,
caballo de espuma.

¡A galopar,
a galopar,
hasta enterrarlos en el mar!

Nadie, nadie, nadie, que enfrente no hay
nadie;
que es nadie la muerte si va en tu montura.
Galopa, caballo cuatralbo,
jinete del pueblo,
que la tierra es tuya.

Al llegar a las afueras de la ciudad, toma todas las precauciones necesarias para que nadie le estorbe en su camino. Va con paciencia, observando muy disimuladamente todos los movimientos de los demás a su paso, el sigilo con que va le hace gastar tiempo, pero no quiere que la prisa le haga cometer un error, *no come ansias*.

Cuando llega cerca del palacio de Gobierno, se asegura de que el costal en el que lleva armas esté bien amarrado y asegurado al caballo. Luego de revisar el costal y atar los caballos a un amarradero, se encamina al palacio. Al llegar a este, a pesar de la tensión y el apremio, se dispone a esperar el momento propicio para pedir permiso para entregar la carta, quiere hacerlo cuando no haya *moros en la costa*. Si es necesario, sobornará a la guardia. «¡Ah! —Suspira hondamente mientras medita—: Poderoso caballero es don dinero y la dádiva del hombre le ensancha el camino». Se mantiene vigilante cuando, al fin, se presenta la oportunidad cerca del mediodía, un centinela ha quedado solo.

12 de septiembre
Por la tarde

El general Reina Barrios, pasado el mediodía, se encuentra descansando en Casa Presidencial, contrario a su costumbre se ha levantado un poco tarde, posiblemente debido al desgaste mental y físico por los eventos que están ocurriendo. Debido a eso, ha desayunado tarde, por lo que planea comer algo hasta la hora de la cena, alrededor de las seis de la tarde, luego de despachar algunos asuntos. A esta hora se encuentra en una acogedora sala de estar, sentado en un cómodo sillón. A la par de este hay una pequeña mesa redonda de cedro, sobre la cual está puesta una garrafa con limonada y un vaso a la mitad; también hay sobre la mesa algunos periódicos como: *El Guatemalteco*, *La República* y *El Peladito*. En sus manos tiene un ejemplar de la revista quincenal *La Ilustración Guatemalteca*, revista que está leyendo detenidamente.

    Se encuentra formalmente vestido, pues dentro de poco se encaminará a su despacho. Tiene perfectamente acomodados sus diminutos anteojos sobre su respingada nariz, la cual pareciera reposar sobre sus bien atusados bigotes, tiene el cabello perfectamente peinado con la clásica raya al medio. Leyendo está con fruición un artículo sobre ciencia, cuando se presenta su ayuda de cámara, el cual seguramente fue también debidamente sobornado, a informarle y a recibir instrucciones sobre un mensajero, que acaba de llegar al palacio proveniente del Occidente de la República; trae una carta con un mensaje urgente para él. Picado por la curiosidad y lo extraordinario del evento, le hace pasar.

—¡Hazle pasar! —le dice—. Pero que lo esculque antes el oficial a cargo de la guardia.

—¡A la orden, señor presidente! —le responde el asistente retirándose.

El ayuda de cámara va donde está el capitán a cargo de la guardia y le da las instrucciones del presidente. El capitán hace llevar al mensajero delante de él y cuando aquel se acerca le dice: «¡Alto! ¡Date vuelta! Mirá hacia la pared, pon las manos sobre la cabeza y abre un poco las piernas».

El capitán esculca al mensajero detenidamente y al finalizar le dice al ayuda de cámara: «Está limpio, puedes llevarle con el señor presidente».

El asistente inmediatamente lleva a Rafael a la sala donde está el presidente. Cuando ambos están bajo el dintel de la puerta, el mensajero saluda:

—Buenas tardes, señor presidente —saluda con la misiva en la mano derecha, la cual lleva a la altura del rostro. El mensajero se queda esperando ordenes cerca de la puerta, en actitud respetuosa.

Por si las moscas, los guardias están atentos afuera para actuar ante el menor movimiento sospechoso.

—Buenas, pasa adelante, ¿qué traes? —le dice el general extrañado de ver a tan pintoresco personaje, vestido con pantalón y camisa blanca de algodón; sobre estas prendas, un grueso poncho de lana; va ataviado con un sombrero de petate y con los pies enfundados en unas hermosas botas similares a unas que él posee, aunque el visitante las lleva bastante sucias. Pero que, a pesar de su apariencia tiene cierto aire que hace sospechar que no es un campesino. Perspicacia no le hace falta al gobernante, por algo él gobierna y manda.

—Vengo desde Quezaltenango con una carta de doña Dolores de Aparicio para usted, señor presidente —le dice el mensajero.

—Trae acá —le dice poniéndose de pie para recibir la misiva.

—Sí, señor —responde mientras se acerca despacio y comedidamente. Al llegar frente al mandatario se detiene, extiende el brazo derecho y le entrega la carta.

—¿Esperas alguna respuesta?

—No, señor.

—Entonces puedes marcharte, gracias por el mensaje —le dice, y acompaña sus palabras con la mano derecha levantada en dirección a la salida; tiene curiosidad por saber qué dice la carta.

—Muchas gracias, señor presidente —le responde el cansado mensajero mientras se retira.

Rafael, al salir del palacio de Gobierno por la puerta de servicio, para no levantar sospechas, así lo ha ordenado el general, va por los caballos que ha dejado en el amarradero, y ya con estos, se va directo al establo de José *Pepe* Camas. Establo que está ubicado en la décima calle poniente, número cinco. Quiere comer algo, darse un buen baño, descansar un poco y, asimismo, cerciorarse de que cuiden y alimenten bien a los fieles caballos. Planea al llegar al establo, llamar por teléfono para informar a los que están pendientes en Quezaltenango de su travesía. Luego de reponer fuerzas, al igual que los corceles, partirá de regreso, pero el retorno lo hará por el camino de la costa sur.

El general luego de sentarse rompe el sello de lacre, abre el sobre y extendiendo la carta inicia la lectura. En la misiva, luego de un efusivo, pero respetuoso saludo, doña Lola a través de ella le recuerda a José María Reina Barrios, que:

Él y la familia Aparicio, por medio de Francisca, hermana menor de Juan, quien se casó con el fallecido general Justo Rufino Barrios, están emparentados. Para esa boda compartieron techo y mesa en la casa de la familia Aparicio en Quezaltenango.

La familia Aparicio siempre ha buscado el bienestar de la cabecera donde residen, y del país. De lo cual pueden dar buena fe los vecinos, y las obras que se han hecho.

En cuanto a sus creencias políticas, su esposo Juan cree en los principios fundamentales de una república como libertad y progreso.

Al final de la carta como atribulada esposa y madre, humildemente le ruega que se sirva otorgar la libertad a su esposo, injustamente detenido y quien está siendo tratado en prisión como un criminal.

Se despide, manifestando su eterno agradecimiento de ser concedida su petición en la mencionada carta, la cual, indica, ella escribió con su puño y letra.

María de los Dolores de Aparicio.

Al terminar de leer la carta, el general, ligeramente conmovido, le pide a su ayuda de cámara que hagan llamar inmediatamente al ministro de Gobernación y que lo comuniquen inmediatamente con él cuando llegue; no sin antes advertirle a su asistente, so pena de castigo, que se cerciore de que nadie dé información sobre el mensajero que acaba de partir.

El requerido ministro se presenta pasadas las tres de la tarde, debido a que andaba en unas diligencias. Al parecer, este hombre no descansa.

El general, sin darle cuenta de la carta, le comunica que lo ha pensado bien, y que no admite más discusión al respecto, por lo que ordena que envíen con la mayor brevedad un telegrama al coronel Roque Morales en el cual se le comunica que el presidente de la República otorga la liberación de don Juan Aparicio y de don Sinforoso Aguilar con efecto inmediato. Apura a Estrada Cabrera para que prepare el telegrama y se lo lleve para que él lo autorice con su firma, le ordena que se dé prisa, pues el tiempo apremia.

Alrededor de las seis de la tarde se encuentra en su despacho el presidente de Guatemala, revisando unos documentos. Cuando le interrumpe una vez más su secretario personal, quien le entrega un telegrama que acaba de llegar para él. Es un telegrama que le envió el general Socorro de León, con servicio en la comandancia de armas de Quezaltenango, por medio del cual solicita al general Reina Barrios no otorgar libertad a don Juan Aparicio y a don Sinforoso Aguilar, porque, según le sugiere: «Estos son una carta útil para el Gobierno, que le pueden servir de apalancamiento».

El telegrama reza así:

General presidente de Guatemala,

Sabe usted que siempre le he hablado con franqueza i con mayor razón debo hacerlo ahora que así lo exijen las circunstancias, mientras don Juan Aparicio (h) i Sinforoso Aguilar permanezcan bajo el peso de la condición impuesta por el comandante de Armas de que al romper fuego sobre esta plaza el general Fuentes, serán ejecutados, dicho general permanecerá inactivo como hasta hoy, lo que es ventajosísimo mientras usted dispone tomar la ofensiva y las fuerzas se acaban de organizar.
La libertad, pues, de Aparicio i Aguilar, de ningún modo conviene. Lo digo a usted porque tengo noticia que se trabaja mucho por obtenerla, i que con el mismo fin ha partido a esa la mujer del primero, sin conocimiento, ni permiso de esta Autoridad.
Las fuerzas enemigas están a inmediaciones de aquí, habiendo quitado el

agua desde ayer, lo que no importa porque hay muchos pozos.

S. de León

Luego de leerlo, Reina Barrios simplemente musita: «Ya veremos, en lo que respecta al viaje de Lola, está equivocado». Y guardando el telegrama en su escritorio, no se molesta en responder.

Las cartas están echadas.

13

Cronología

> Del 7 al 13 de septiembre

A los músicos integrantes de la Banda Marcial se les ordenó de parte de la comandancia de armas, pasadas las seis de tarde del día 7, que se instalaran en el cuartel de artillería, para prestar servicio como parte de las tropas regulares.

De esa cuenta a partir de esa fecha y hora se quedaron durmiendo y comiendo en el cuartel; en una pequeña habitación en las inmediaciones de los calabozos. Por ello el músico mayor Alberto Mayorga, es testigo de primera mano de los acontecimientos que se dieron dentro del cuartel. Él vio cuándo llevaron detenido al cuartel a don Juan Aparicio Mérida, el día 8, cerca de las diez de la noche. Horas más tarde vio llegar a doña Lola entre la medianoche y la una de la mañana del día siguiente, acompañada de varias personas. El alboroto suscitado lo mantuvo despierto un buen tiempo.

Cuando la esposa de don Juan se retiró, luego de reunirse brevemente con su esposo; la guardia condujo de nuevo a este al calabozo. Un par de horas más tarde fue conducido a donde estaba don Juan el licenciado don Sinforoso Aguilar, quien fue capturado unas horas antes. La guardia que lo custodiaba lo puso sin miramientos y a empujones en el mismo calabozo con don Juan.

En su tortuosa prisión, en esa celda obscura, fría e insalubre, don Juan tuvo como compañero de infortunio al alcalde primero de la ciudad don Sinforoso Aguilar. Fue el único consuelo que tuvieron ambos. Después de que ingresaron al jurisconsulto en el calabozo, el músico se instaló cerca de la puerta de este para descansar, porque no permitían a otros soldados acercarse a los calabozos, y a pesar del bullicio en el patio del cuartel, por los gritos de la soldadesca y relinchos de los caballos, escuchó la conversación que tuvo lugar entre los detenidos.

Luego de intercambiar un breve pero efusivo saludo; acomodándose en el frío suelo, hecho de piedra blanca, se pusieron al corriente sobre sus detenciones. Fue don Juan quien tomó la palabra y narró sus desventuras. Cuando concluyó, don Sinforoso le preguntó:

—¿Por qué no se quedó en Zunil, don Juan?

—Creí en la sinceridad de don Abel Valdés —le respondió suspirando hondamente y llevándose las manos a la cabeza—. Fui un incauto.

—Siempre dije que este Abel es un pillo y un embustero redomado —le dijo el jurisprudente.

—¿Y a usted a qué hora lo detuvieron? —le preguntó don Juan.

—Fui detenido hoy temprano por la madrugada, acababa de llegar a casa luego de una diligencia —le respondió don Sinforoso.

»Fui apresado por un grupo de policías comandado por José María Cruz, quien es un policía encubierto, de *los orejas* de inteligencia del

Gobierno. Inmediatamente se presentó el jefe de la Policía Montada, que se hace llamar marqués de Soromeño, quien se dio a la tarea, secundado por sus compinches, de saquear mi casa. Este no tuvo respeto ni miramiento alguno por mi esposa.

»Amelia está embarazada y la trataron sin ninguna consideración a su delicado estado. Luego de sujetarme las manos como a un vil criminal, nos hicieron sentarnos a mi esposa y a mí en la sala. Entretanto se dedicaron a registrar mi vivienda y se apropiaron de lo que quisieron, incluyendo documentos de mi despacho, entre los que buscaron documentos comprometedores.

»Al terminar el registro y darse por satisfechos, me trajeron al cuartel y dejaron a mi esposa hecha un manojo de nervios. Estoy preocupado, pues no me han dejado comunicarme con nadie para saber de ella.

»El día que don Feliciano Aguilar partió a San Marcos fui a encaminarle por el camino que lleva a Ostuncalco. Él trató de convencerme de que le acompañara, aduciendo que era peligroso para mí quedarme en Quezaltenango, por las implicaciones de mis preferencias políticas. Le contesté que como representante del pueblo no debía abandonarlo y enfrentaría las consecuencias. El licenciado Manuel Alfredo Mora puede dar fe de ello, pues nos acompañó durante el trayecto y escuchó la conversación.

»Poco después de partir don Feliciano Aguilar, su familia abandonó su casa para ir a refugiarse a la residencia de doña Mercedes Aguilar, viuda de Mora, hermana de don Feliciano. Se salvó por un pelo porque poco después Soromeño llegó y saqueó su casa, robándose cuanto pudo. Puede imaginarse lo que sería, dado el buen gusto de la familia y la abundancia de sus bienes de fortuna. El propio Miguelito González, el telegrafista de la central de Quezaltenango, me informó de que recibió un telegrama con orden expresa de Reina Barrios para el jefe de la Policía Montada de registrar e incautar todos los documentos de Feliciano Aguilar, entre los que debía buscar material comprometedor.

»Hoy me encuentro con usted en este frío y húmedo calabozo. Como puede ver, los temores de don Feliciano respecto a mi seguridad se cumplieron.

Hasta ahí llegó la conversación porque acababan de dar las seis de la mañana y de repente se oyeron ruidos de carruaje y relinchos de caballos en el exterior, lo que puso en alerta a los soldados y los oficiales ordenaron callar a todos los detenidos.

La última sesión del Ayuntamiento de Quezaltenango se celebró el día nueve de septiembre. Desde entonces corre la versión entre sus miembros y la población de la ciudad de que los dos distinguidos detenidos, don Juan y don Sinforoso, serán fusilados en el momento en que los revolucionarios se presenten a las goteras de la ciudad o estos hagan el primer disparo en la ciudad. El mismo coronel Roque Morales se ha encargado de correr la voz, sabe que el miedo es un poderoso disuasor y paralizador.

Llegaron a la ciudad noticias de que el ejército de los alzados en armas está acampado entre San Juan y San Mateo, y que se le unieron fuerzas que llegaron desde San Carlos Sija. Los vecinos desconocen cuál es la causa por la que el comandante de armas no ha salido a enfrentarlos fuera de la ciudad y temen que haya enfrentamientos dentro de la misma. Parece que el jefe político se siente más seguro atrincherado dentro de la ciudad, sin importarle la vida y la seguridad de los vecinos, ante futuros y cruentos enfrentamientos en las calles de la ciudad.

Alberto Mayorga pudo observar que durante el día 9 los prisioneros permanecieron en el calabozo y solamente los dejaron salir para ir al excusado, y siempre fuertemente custodiados. A él le consta que ni una sola vez les tomaron declaración, pues él siempre permaneció al lado inmediato del calabozo, en donde estuvo en alerta junto a los demás músicos.

El día 10 por la mañana, el músico vio cómo mandaron sacar un colchón, la ropa de cama y la ropa de dormir que sus familias les enviaron a don Juan y a don Sinforoso, para hacer menos gravoso su cautiverio. Las prendas, sin ningún asomo de vergüenza, las repartieron entre los soldados.

Ante esos hechos, don Juan, entre triste y enojado, le comentó a don Sinforoso:

—¡Nunca imaginé que esto fuera a ser posible!

—Como dice el viejo refrán: del árbol caído todos hacen leña. Me gustaría tener la esperanza de que esto es todo y no se agraven las cosas, don Juan —fue la respuesta del jurisconsulto con tono de preocupación—. Aunque antes de esta desgracia en que nos encontramos, un conocido me comentó que supo de buena fuente que al coronel Roque Morales se le dieron instrucciones, en caso de ser necesario, para usar mano dura contra nosotros y la población.

Y por ello le digo, que lo que está pasando pinta muy mal.

—Tiene razón, don Sinforoso, el presidente y sus secuaces no descansaran hasta alcanzar su objetivo de perpetuarse en el poder.

—Ellos se quitarán cualquier obstáculo de enfrente, grande o pequeño; lo harán de una forma legal o ilegal. Lo harán por las buenas o las malas —prosigue don Sinforoso—. Luego de disolver la asamblea legislativa, pisotear la Constitución y nombrar un congreso constituyente espurio, ya nada puede detenerlos. Se ha formado una rosca de conservadores aduladores alrededor del presidente Barrios, que ha obnubilado sus pensamientos. Ellos, con sus recursos económicos y su astucia, son los verdaderos titiriteros ocultos tras bambalinas.

—Cómo ha cambiado Reina Barrios —dijo don Juan con nostalgia—. Todavía tengo fresca en mi memoria la imagen del ahora presidente, cuando siendo joven estuvo en la recepción de la boda de mi hermana Francisca con el general Justo Rufino Barrios.

—Cuénteme sobre ello, don Juan, por lo menos tiempo tenemos para ello.

—Le compartiré algunos detalles —le dijo don Juan con tono melancólico—. La boda fue el 4 de agosto de 1874, mi hermana apenas tenía 16 años.

»Yo frisaba los diecinueve años, y uno de los compañeros de charla ese día fue Daniel Fuentes Barrios, sobrino del general Justo Rufino. Charlando y compartiendo unos refrescos estábamos cuando hizo su aparición un joven militar, enfundado en un espléndido uniforme con botones dorados, sobre una excepcional montura.

Hubo algunas risitas disimuladas entre algunas jovencitas presentes cuando el recién llegado tuvo que valerse de un banquito para apearse del caballo. Ese joven era nada menos que José María Reina Barrios, otro sobrino del general Justo Rufino.

»Recuerdo que, a decir de las damitas, su forma de expresarse les desagradaba un poco. Les parecía un poco rústico, y durante la fiesta se alejaban con cualquier pretexto cuando él intentaba cortejarlas.

»Seguramente, José María no tuvo tiempo para cultivarse; se escapó de su casa a los trece años, para unirse a la revolución de 1871. Por su espontaneidad y su facilidad en tomar decisiones era, a sus veinte años, el sobrino preferido del general. Posiblemente eso le hizo una persona o muy segura de sí misma o muy sobrada.

»Daniel me confió en la fiesta que tenía una inclinación muy grande por la hermana de José María; estaba muy enamorado y pensaba pedirle pronto que fuera su novia. Sin embargo, los sobrinos del general no se llevaban bien. Tenían muchas rivalidades, como hasta el día de hoy.

»Fue así como el día de la boda de mi hermana nos hicimos parientes políticos los tres varones. Entre la música, el baile, la comida y las exquisitas bebidas, compartimos alegremente y en paz.

—Hay tantos recuerdos y anécdotas que compartir..., pero por ahora no puedo más —le dijo don Juan a su interlocutor. Bajó la cabeza tocando el pecho con el mentón; su voz denotaba profunda tristeza y melancolía.

Don Sinforoso, sentado en el frío piso, guardó silencio con los brazos cruzados y la mirada perdida.

Hasta ahí llegaron los recuerdos en esa sombría hora.

Mientras, en su cautiverio, los presos se consolaban y se daban aliento, doña Lola hizo esfuerzos desesperados todos los días, para ver a su esposo, sin embargo, en ninguna ocasión se lo permitieron. No pudo ver al compañero de su vida, al padre de sus hijos, al que fue la luz y la esperanza de su hogar, y, además, según el decir de muchos vecinos: un padre, consuelo y alivio para los necesitados.

Roque, descomedida y agriamente, en la mañana del día once, le echó en cara a doña Lola el haber enviado un mensajero a la capital con una carta para el presidente. Le dijo que pronto lo atraparían y le harían pagar a todos tal desfachatez. Ante lo cual, ella, con toda firmeza, ni asintió ni negó nada, simplemente le escuchó.

«Los espíritus siniestros de la venganza y de la ambición se solazan en la oscuridad, maquinando y preparando el golpe, para cegar unas vidas consagradas a la familia, a la sociedad y a la cara patria», le dijo doña Lola, ante estos reclamos y adversidades, a sus parientes y amigos que la acompañaron en sus diligencias e infortunio.

Un poco más tarde, ese día, con instrucciones de Roque Morales, quien quería evitar a toda costa la confrontación bélica, doña Lola envió un mensajero al general Adolfo Fuentes Barrios, con una carta. Se instruyó al emisario para que buscara, con toda diligencia, entre Quezaltenango y San Juan al general Fuentes Barrios. La carta decía:

General Adolfo Fuentes, por piedad, deténgase de entrar a la ciudad de Quezaltenango pues la vida de mi esposo corre peligro. La Parca de la muerte ha puesto el filo de su guadaña sobre su cuello. El jefe político Roque Morales me ha dicho que, al primer disparo en esta ciudad de parte de los rebeldes, hará fusilar a mi esposo y a los demás.

Por lo que ruego a usted, una vez más, se sirva atender mi ferviente suplica.

María de los Dolores de Aparicio

Cuando regresó el mensajero al término de su diligencia, esto fue lo que se supo: luego de ardua búsqueda, encontró al general y a sus fuerzas en las inmediaciones de San Mateo. El emisario entregó la carta al centinela que le detuvo y le interrogó al aproximarse al campamento. La nota la llevó al general otro soldado. Sin embargo, el general Fuentes, al recibir y leer la misiva escrita por doña Lola, y por medio del mismo emisario, a quien hizo llamar ante él, envió respuesta verbal:

—Dile a Dolores que no se preocupe; que cuando yo llegue a la ciudad me dirigiré inmediatamente al cuartel para liberar a los presos.

—Con todo respeto, mi general —le dijo el oficial que le servía como asistente, y lo cual alcanzó a oír el emisario—. Va a ser imposible salvar la vida de los detenidos, vamos a encontrar fuerte resistencia en la ciudad de parte de las tropas del Gobierno; y la victoria no está garantizada.

—¡A mí eso me importa un pepino! —respondió airadamente el general—, ¡que cada uno vele por su pellejo!

Durante los días 10 y 12 del mes, ante el clamor y descontento de los ciudadanos a causa de la incomunicación entre familiares y los detenidos, se les permitió que se comunicaran por breves cartas; lo que trajo un poco de consuelo a detenidos y familiares. Y gracias a ello don Juan y don Sinforoso tuvieron conocimiento de las diligencias ante Fuentes Barrios y así también se enteró el músico cuando don Juan le leyó su carta al abogado.

Pero esto lo permitió Roque porque por este medio don Juan, antes las instrucciones y amenazas del coronel contra su familia, pidió a su esposa que le cambiase al comandante grandes sumas de billetes de banco por monedas de plata.

—Así suelen hacer los traidores y los codiciosos, vender por unas monedas a los inocentes, como hizo Judas con Jesucristo —le dijo a doña Lola su señor padre cuando supo al respecto. Y agregó don Antonio—: Así que la expoliación agrava los hechos inicuos del jefe político. El cual se ha desenmascarado por completo. Seguramente, cuando pasó por Mixco rumbo a Los Altos, pensó en buscar la oportunidad para hacerse de una fortuna, no importa si es mal habida, pues, al fin al cabo, es eso, una pingüe ganancia, imposible de alcanzar honradamente por sus limitaciones de todo tipo. Roque, posiblemente, es de esos seres sinvergüenzas que, ante la deshonestidad y el reclamo, proclaman que la vergüenza pasa, pero el dinero se queda.

El oficial Justo Villagrán, a su regreso el día 11 de la capital a Quezaltenango, luego de cumplir una misión, supo de los presos al llegar al cuartel de artillería, donde era el lugar de concentración de todas las fuerzas oficiales. Al día siguiente, como estaba de servicio, lo asignaron como comandante de la guardia, a la que recibió a las diez de la mañana. El coronel Roque Morales le previno de guardar la mayor vigilancia a los prisioneros Aparicio y Aguilar. Y le instruyó a no dejar pasar a los prisioneros nada que llegara de sus casas, sin importar si era comida o bebida; antes debía pasar el parte correspondiente.

Cuando llegó el almuerzo de los mencionados, el oficial Villagrán lo puso en conocimiento del comandante de armas, quien mandó que se registrara la comida delante de él. El almuerzo incluía una botella de vino cubierta con papel plateado. La destapó el mismo Roque Morales para examinarla. Al terminar el examen les dijo: «Pásenla, si fuera veneno se economizaría pólvora para fusilarlos».

El mismo día 12 de septiembre, después de la hora del almuerzo, procedieron a sacar a los detenidos y los aproximaron a los balcones del cuartel, para que desde allí vieran el ajusticiamiento de tres detenidos.

Frente a todos procedieron a la ejecución capital de los tres desgraciados infelices. Estos, antes de que les disparasen, pidieron clemencia, pero no obtuvieron respuesta alguna a sus pedidos de misericordia.

—¡Piedad! —gritó uno de ellos con la desesperación marcada en el rostro—. ¡Soy inocente!

Otro gritó llorando:

—¡Tengo cuatro hijos! ¡Tengan misericordia!

Los despavoridos gritos fueron de balde, no les prestaron a los sentenciados la menor atención. El oficial encargado de la ejecución ordenó colocar a los condenados con la espalda a la pared y al pelotón de ejecución frente a ellos como a seis metros de distancia.

El encargado del pelotón de fusilamiento era el coronel Pioquinto Alvarado, quien se ubicó a un lado del pelotón y vociferó:

—¡Pueblo de *Calcetenango*, apercíbanse detenidamente cómo mueren los traidores! —E inmediatamente ordenó al pelotón—: ¡Atención!

El pelotón compuesto de seis soldados se preparó levantando los fusiles, previamente cargados excepto uno. En medio de los murmullos de los reos y los vecinos, que se acercaron luego de escuchar una inusual llamada de cornetas y tambores, el coronel Pioquinto siguió con las instrucciones:

—¡Un paso al frente!, ¡carguen!, ¡apunten!

—¡Fuego! —tronó.

Sin vacilaciones, los soldados del pelotón ejecutaron la orden, disparando al unísono. Luego de la descarga de fusilería, ya en el suelo inertes los fusilados, Pioquinto les dio el tiro de gracia en la nuca con un revólver 38. Al concluir el acto sangriento, Pioquinto ordenó que a los fusilados los revisase el cirujano militar y que los cadáveres fueran retirados inmediatamente.

Notorio fue el hecho para los que estuvieron en los balcones observando la ejecución de que uno de ellos se orinó cuando escuchó las detonaciones.

Los que se dieron cuenta *fingieron demencia*, estaban también demasiado asustados como para mofarse de alguien, sobre todo siendo un compañero de desgracia.

Entre los obligados a presenciar semejante barbarie, tal cual espectáculo circense, estuvieron don Juan y don Sinforoso. ¿Qué pasaría por la mente de estos ilustres y educados ciudadanos, y de los demás detenidos?, ¿cómo quedarían los nervios de los privados de libertad luego de presenciar la ejecución?, ¿qué pensarían los familiares de los detenidos ante las explosiones de las ráfagas de fusil?

—¿Cuáles serán las perversas y aviesas intenciones de Roque Morales? —le preguntó en voz baja don Sinforoso con el rostro demudado a don Juan.

—Infundir terror —le contestó don Juan, quien también tenía el rostro lívido a causa de lo acontecido—. Y lo está logrando.

—No cabe ninguna duda —agregó don Sinforoso—. Roque es un experto para infundir temor y pánico. Al mismo tiempo, envía un claro mensaje a la población: él no está jugando.

—Todo esto es un acto planeado, propio de un psicópata, de una mente enfermiza y no de una persona civilizada o que ostenta el uniforme de un oficial —dijo don Juan con aire de preocupación.

—Y como una casualidad o sino trágico —dijo Aguilar—, los fusilamientos se llevan a cabo, enfrente del monumento al Sexto Estado—. Como si no fuera suficiente con los mártires que están enterrados debajo de ese monumento. Los ejecutores en el caso presente parecen ser una vez más el brazo armado de los conservadores capitalinos, y su consigna: acabar de una vez por todas con el liberalismo y sus ideales de libertad y progreso.

Con el comentario anterior, don Sinforoso hizo una breve y parcial referencia al fusilamiento de la Municipalidad en abril de 1840, por orden del general Rafael Carrera y Turcios. Con el propósito de anexar a la fuerza el Estado de Los Altos, cuya capital era Quezaltenango, al Estado de Guatemala.

—Don Sinforoso, ¿cómo es posible que fusilen a las personas de primas a primeras sin más ni más?

—En casos como este los procesos son sumarísimos y proceden conforme al código militar decreto número 213 promulgado por Justo Rufino Barrios, el cual fue decretado el 1 de agosto de 1878, y que comenzó a regir en la República en septiembre de 1878, y que aún está en vigor. Este, desafortunadamente, condena a muerte a quienes caen en sus redes. Sean inocentes o culpables. Aunque vale decir que a estos como a nosotros no se les abrió expediente alguno. Simplemente estamos detenidos bajo sospechas o acusaciones que nos ha hecho Roque y no se nos ha interrogado en ningún momento —le explicó el licenciado y catedrático de Derecho—. Y todo se agrava con el estado de sitio decretado, aunque a nosotros nos detuvieron antes de decretarse este.

En la tarde del mismo día, llegaron al cuartel dos señoras que, con ruegos, solicitaron hablar con el comandante de armas. En respuesta, él envió a decirles que no podía, y que ni un paso más podían dar, que si era para pedir por algún preso perdían su tiempo, pues nadie se salvaría. No hubo contemplaciones de ningún tipo.

A pesar de lo complicado de la situación de don Juan, grande pero prudente algarabía se produjo en el hogar de la familia Aparicio cuando el día doce por la tarde recibieron una llamada de Rafael desde la capital. Les informaba de que personalmente entregó la misiva que le fue encomendada al presidente Reina Barrios, y que él le había atendido y tratado cortésmente. Aunque no dio respuesta o señal alguna de sus intenciones.

Espera la familia obtener resultado positivo, con la carta enviada, porque ellos nada más pueden hacer. Desde el día que se decretó estado de sitio, las llamadas telefónicas y los telegramas que se hacen y envían al Palacio de Gobierno pasan antes por los oídos y ojos de gente de los ministerios de Gobernación y de Guerra.

La familia ignora el hecho de que el presidente Reina Barrios ha dado orden de enviar un telegrama a Roque Morales para liberar, en cuanto sea recibido este, a don Juan y a don Sinforoso. A pesar de que también el presidente recibió otro telegrama de parte del general Socorro de León pidiéndole fehacientemente lo contrario.

El día 13, alrededor de las diez y media de la mañana, poco después de que el oficial Villagrán entregó la guardia, el coronel Roque Morales antes de salir del cuartel con un piquete de soldados rumbo a La Pedrera a las faldas del Cerro Quemado, para establecer un punto de defensa, le pasó el mando del cuartel de artillería al coronel Ozaeta, al cual le dijo:

—Ya sabe usted el momento y la hora en que debe ejecutar la orden de fusilamiento; ante todo, a Aparicio y Aguilar —y recalcó—: sin excusa ni pretexto.

A las once de la mañana, el coronel Ozaeta instruyó al oficial Villagrán, para salir con una escolta a dejar una pieza de artillería al cantón La Democracia.

Luego de empezar las hostilidades y ante el estruendo de las explosiones de los cañones y los rifles, cerca del mediodía, el coronel Ozaeta, comandante en funciones del cuartel de artillería; instruyó al coronel Pioquinto Alvarado para que sacara a los prisioneros del calabozo para ejecutarlos.

14

La sacristía y el túnel

Sábado, 11 de septiembre
Antes de las seis de la tarde

Luego de la fundación de Quezaltenango el 15 de mayo de 1524, se erigió una ermita que, debido a los estragos del paso del tiempo y a que se volvió guarida de maleantes y vagabundos, fue demolida por órdenes del Ayuntamiento en el año de 1831. En el entorno de esta ermita estuvo el primer cementerio de la ciudad. Precisamente en el área donde don Pedro de Alvarado la fundó.

Debido a las necesidades espirituales de los pobladores se construyó la actual que está frente al cuartel de artillería: la iglesia de San Nicolás de Tolentino que, con el paso del tiempo, se convirtió en parroquia el año de 1892.

Cuando la Compañía de Jesús regresó a la ciudad en el mes de marzo del año 1857; los jesuitas iniciaron la construcción de un convento en el respaldo de la iglesia y se hicieron cargo de esta hasta el día de su expulsión el 12 de agosto de 1871.

Actualmente, en esta iglesia se celebran todos los oficios correspondientes a una parroquia: confesiones, misas, bautizos, etc., pero debido a los últimos acontecimientos esta permanece cerrada a los fieles. Del párroco no se sabe nada, posiblemente esté refugiado en la parroquia del Espíritu Santo.

A pesar de ello no faltan los cirios y las velas encendidas que los fieles han enviado, y que el diligente y escrupuloso sacristán colocó en los diferentes altares y a los que él de vez en cuando va a despabilar.

La puerta principal de la iglesia, que está al sur de esta, es un portón de dos amplias hojas rematadas en medio punto. Al pararse frente al portón, a mano izquierda está el pequeño campanario de la iglesia; y a la derecha, al costado y al final de la nave central de la iglesia, se encuentran la sacristía y las oficinas de la parroquia, con una pequeña puerta también orientada al sur. Son los dos únicos puntos de acceso con que cuenta la pequeña iglesia.

Las paredes de la iglesia son anchos muros de adobe, con repellos y enlucidos de cal y arena; el piso es de cemento; la cubierta del techo es de teja de barro y las vigas son de madera de pino.

Caminando despacio los pocos metros que separan al cuartel de artillería de la puerta de ingreso de la iglesia, llega frente a esta el coronel Ozaeta.

Dos horas de antes salir del cuartel rumbo a la iglesia, envió guardias a quienes les dio instrucciones para que dos de ellos vigilen la puerta principal, otros dos la que da ingreso a la sacristía y a las oficinas parroquiales. A los restantes los envió a la parte trasera de la iglesia, donde colinda con el Instituto de Varones. Les ordenó que ningún civil podía entrar o salir y que disparasen ante cualquier desobediencia.

Nadie sospecha de esta visita al recinto sagrado porque el coronel es conocido por ser muy buen devoto y fiel católico. De él se dice que comulga frecuentemente y que ayuda al sostenimiento de la iglesia con sus limosnas y ofrendas.

El coronel empuja la hoja del portón que está a su mano derecha y esta se abre sin ofrecer resistencia alguna. Al ingresar al templo lo sobrecoge la penumbra y el fuerte olor a cirios y veladoras, nada que ver con los gratos olores de Semana Santa, donde el aroma del corozo se entremezcla con los de las flores y el pino fresco regado en el piso.

La noche anterior recibió una nota que decía de esta manera:

Coronel Julián Ozaeta

Me es necesario hablar con usted, le agradeceré con toda mi alma, atribulada por el dolor y la pena, se sirva concederme dicho honor mañana a las seis de la tarde. Ruego a su merced me espere en la primera banca de la iglesia San Nicolás, frente al altar. Si acepta mi solicitud espéreme sentado y cuando yo llegue arrodillémonos al mismo tiempo, cada uno en un extremo de la banca. Seré breve en mi solicitud. Antes de ingresar a la iglesia, aposte guardias en las entradas para que nadie entre o salga, excepto usted. No se comprometa, luego de leer esta nota destrúyala.

Atribulada dama

Media hora antes de llegar a la iglesia ordenó que inspeccionasen la misma, la sacristía, y el resto de la edificación. Era demasiado riesgo entrar sin guardia alguna, podían emboscarlo.

—Mi coronel, el sacristán acaba de retirarse y ya no hay nadie adentro, ni siquiera fantasmas —le informó, frente a la puerta, con cierta ironía el sargento a cargo—. Y nadie puede entrar o salir sin ser visto.

Ozaeta, al escuchar el reporte, se dijo a sí mismo: «Posiblemente me están tomando el pelo».

Ya adentro de la iglesia tomó precaución de que su revólver estuviese acomodado para poder desenfundarlo inmediatamente, en caso de necesidad, lo mismo hizo con el puñal que lleva dentro de su bota izquierda. El coronel, picado por la curiosidad y luego de santiguarse, se sentó en la primera banca y se dispuso a esperar.

Contemplando absorto como las pocas velas encendidas chisporrotean e iluminan débilmente el sagrario y las imágenes se encuentra cuando desde un lado del altar y proveniente de la sacristía sale una delgada figura de estatura media. Cubierta de la cabeza a los pies de un abrigo negro, cubre su cabeza con un ancho sombrero negro de fieltro y oculta su rostro con un velo negro. A la dama, aparte de su figura, la delata su forma de caminar. Se mueve caminando graciosamente, calza unos botines negros que se ven lodosos y empolvados, como también parte de su vestidura; más que caminar parece flotar. El oficial inmediatamente la reconoce.

Cuando la dama se acerca a donde está sentado el coronel, ella se arrodilla en el extremo opuesto. Ozaeta la imita prestamente y abriendo la boca exclama:

—¡Doña...!

—¡Calle, por favor! —le dice en un susurro, pero audible, se percibe un ligero temblor en su voz y en su cuerpo, pero ella se controla—. No conviene que se pronuncie mi nombre. Vengo a hacerle una súplica.

—¿Qué se le ofrece a su merced?

—Coronel, sé que usted es un hombre de valía y de honor y no me atrevería a presentarle la petición que le traigo, si no fuera por la vida de mi esposo —le dice mientras hace una breve pausa y levantando el velo, se enjuga unas lágrimas con su pañuelo—. Si presentasen esta solicitud mi padre o mi hermano, no dudo que usted los arrestaría inmediatamente y les haría pagar tal atrevimiento; pero sé que sabrá guardar deferencia a una esposa y madre desesperada.

—Hable, señora, la escucho. Por mi honor y palabra de caballero, que nada habrá de pasarle e incluso guardaré de que alguien intente atentar contra usted o hacerle el menor daño.

—Es inminente el arribo de las tropas revolucionarias, y cuando eso ocurra nada podrá arrancar a mi esposo de las manos de la muerte. Le suplico que usted lo rescate de ese sino —le dice la atribulada dama controlando sus emociones—. ¿Cómo?, se preguntará. Muy fácil, venga usted mañana a las seis de la tarde con él a este lugar de meditación, con la excusa de presentar suplicas al Altísimo. Junto a mi familia y amigos me encargaré de sacarlos de este lugar y transportarlos inmediatamente a Champerico, donde un carguero se encuentra esperando noticias nuestras para zarpar.

—¿¡Cómo dice, señora!? —exclama Ozaeta, que se ha quedado boquiabierto.

—Sí, coronel, solamente usted puede traerlo a este lugar con la excusa de que él venga a pedir por su atribulada alma —le dice fehacientemente la dama—. Velaremos por que usted disponga de los recursos necesarios para vivir fuera del país y poder luego mandar a que le lleven a su familia. Ya en el extranjero, mi esposo podrá defenderse de todas las acusaciones que se le hacen. Perdone mi atrevimiento, pero es fruto de la desesperación.

—Señora, lo que usted me pide es muy delicado y peligroso, entiendo la situación por la que pasa su esposo y la familia, pero entienda que nada puedo hacer. Soy un soldado y me mantendré fiel a mis principios —es la firme pero cortés respuesta del coronel—. Además, su esposo está muy vigilado; el coronel Pioquinto y su comando se mantienen muy vigilantes cerca de los calabozos, están por los alrededores como perros de presa. Fuerzas muy poderosas están atrás de esto y aun nuestras vidas dependen de un hilo. Lo único que puedo ofrecerle es que no permitiré ningún vejamen a su esposo mientras yo esté en el cuartel. Ahora por lo más sagrado para usted, parta de este lugar porque de un momento a otro puede venir alguien, le ruego no insistir.

—¡Gracias, coronel, me retiro! —exclama y, conteniendo los sollozos, le pide—: deme unos minutos para partir sana y salva.

—¡Vaya con Dios, señora! —le responde mientras se pone de pie e inclina ligeramente la cabeza en señal de despedida.

Luego de pronunciar las últimas palabras se retira la dama. Regresa por donde llegó: camino hacia la sacristía.

Apenas acaba de desaparecer la sombra de doña Lola de la nave del templo, cuando abren la puerta de ingreso de un sonoro golpe, e ingresa a paso vivo Pioquinto seguido de dos soldados como Pedro por su casa. Ante esta visita inesperada, Ozaeta se sienta para esperar a que llegue Pioquinto cerca de él.

—Coronel Ozaeta, le estaba buscando sin encontrarle, pero sabiendo que usted es buen cachureco me dirigí a esta —le dice irreverentemente—. Son los detenidos los que deben estar rezando por sus almas porque les queda poco tiempo.

—¿Qué se le ofrece, Pioquinto?

—Nada más saber que usted se encuentra bien —responde—. Y *choteando* que sí, ahora que estoy por aquí me daré una vuelta por todo el lugar por *si acaso*. Con su permiso.

—Pase usted.

Dicho y hecho, Pioquinto, acompañado de los soldados, toma una vela y se dirige hacia la sacristía a husmear. Ozaeta se queda sentado en la banca, esperando por lo que pueda pasar porque nada más puede hacer. Al rato se oyen ruidos provenientes de la sacristía y de la humilde oficina del párroco. Están registrando.

De pronto cesan los ruidos y aparece de nuevo Pioquinto seguido por los soldados como perros falderos. Uno de ellos lleva un pequeño saco en su mano derecha, lo que evidencia lo que los llevó a la iglesia: aprovechar la oportunidad para apropiarse de lo ajeno.

Pioquinto se encamina a la salida y, sonriendo sardónicamente, le dice:

—El curita hace días que se esfumó y no dejó ni siquiera una botellita de vino de consagrar para poder calmar la sed. Hasta luego, coronel, con su permiso, lo dejo tranquilo para que siga con sus *recitaciones y meditaciones*.

—Que le vaya bien.

Ozaeta opta por no reclamarle su acción al oficial, hay mucho en juego. Permanece tranquilo e intrigado al mismo tiempo se pregunta: «¿Cómo llegó doña Lola hasta aquí? ¿Cómo se fue? ¿Dónde se esconde?». Pero fiel a su promesa y a que los deberes del cuartel le llaman, más tarde enviará a alguien a investigar. Espera un par de minutos y, poniéndose de pie, sale atrás de Pioquinto. Al estar afuera del templo ordena mantener bien vigilado el entorno del cuartel, no quiere sorpresas.

Cuando los citados a la conjura de las Siete Esquinas escaparon de sus perseguidores; la secreta y otras fuerzas atraparon a varios de los que huían. Sin embargo, muchos se dieron a la fuga y, aunque los persiguieron infructuosamente, les pareció a sus perseguidores que se los había tragado la tierra.

Cuando los conjurados huyeron de la finca de los Ovando, salieron por la parte sur de la finca; subieron hacia el oeste con dirección a la plaza y antes de llegar a la calle de los Montepíos cruzaron a la derecha por una tortuosa calle. Otra vuelta a pocos metros y llegaron frente a la casa de un vecino e ingresaron a esta. Parece que los estaban esperando, porque inmediatamente los llevaron al patio, donde en una parte baja del mismo los hicieron entrar a una gruta, cuya entrada está disimulada con matorrales y vegetación. Ayuda al disimulo que este es un lugar de calles tortuosas y empinadas.

Tremenda sorpresa se llevó la mayoría cuando se encontraron en un túnel que apenas pasaba los dos metros de alto por otros dos de ancho. El aire, les dijeron, es escaso a lo largo, pero sin embargo lo suficiente para sobrevivir, gracias a los tubos de ventilación que hay en algunos patios que están cerca de por donde corre el túnel. Una vez adentro uno de los conjurados les explicó algunos pormenores sobre el túnel: corre de ese lugar y llega a la calle real de San Nicolás. Al llegar a esta cruza a la derecha hasta llegar cerca de la calle Justo Rufino Barrios, en las inmediaciones de la iglesia San Nicolas y del cuartel de artillería. Sale de la calle real en dirección oeste por la calle de la Compañía de Jesús; poco antes de llegar a la altura del Hospicio de Occidente se bifurca, la rama principal llega hasta la labor San Cayetano, en los límites de la ciudad. Y la otra termina al norte del hospicio.

Caminaron despacio para no hacer ruidos, y que se escucharan estos por los tubos de ventilación; debían ir con sigilo porque agentes del Gobierno estaban registrando algunas viviendas cercanas al centro de la ciudad. Les proporcionaron a los aventureros un par de pequeñas lámparas, las cuales llevaron prendidas a media luz. El viaje a lo largo del túnel fue algo asfixiante y tortuoso. Sin embargo, lo recorrieron en poco tiempo y lograron salir a la superficie. Por dónde salieron no se sabe, pero ya afuera del túnel partieron en diferentes direcciones.

Se desconoce en qué época, quiénes y con qué propósito construyeron el túnel y los pasadizos. Aunque entre algunas tesis hay quienes sostienen que se hicieron en los mejores tiempos del señorío quiché y que comunicaban con una acrópolis.

Algunos vecinos le endosaron la construcción del túnel o pasadizos a las jesuitas expulsados en 1871; los cuales decían construyeron estos con intenciones amorosas. Pero otros vecinos adujeron que eso era imposible, pues los curas apenas residieron catorce años en la ciudad y que, con muchos sacrificios y carencias, construyeron un colegio y un pequeño convento, y estos, en cuanto a arquitectura, muy elementales y rudimentarios. Otros dicen que es una caverna natural. Y no faltan quienes dicen que no existe ni túnel ni pasadizo alguno.

Frente a la iglesia San Nicolás, al este, hay un callejón, y sobre este, a unos cuarenta metros de la calle real, vive la familia García, la cual es muy amiga de la familia Aparicio, y cuyos miembros tienen conocimiento de este túnel, secreto muy bien guardado, porque a su propiedad llega un pasadizo que conduce a él. El pasadizo conduce desde la parte trasera de la iglesia a la vivienda. Esta fue la vía que utilizó doña Lola para llegar a la iglesia, gracias a que el túnel tiene una salida, muy bien escondida y disimulada atrás de la sacristía. Antonio, su hermano, la acompañó y esperó afuera de la sacristía.

Luego de la entrevista de doña Lola con el coronel Ozaeta, la pareja ya dentro del túnel alcanzó a escuchar los ruidos del registro que hizo arriba Pioquinto y sus soldados. Para evitar que nadie lo notara, se detuvieron y apagaron el pequeño farol que los acompañaba. Se escaparon por un pelo.

De concretarse el plan de escape de don Juan, contemplaron dos posibilidades: la primera, que marchara desde la vivienda del callejón, por el patio de atrás, con sus acompañantes hasta llegar a La Joyita. La segunda, que, en caso de mucha vigilancia, que se fueran, por el túnel, hasta la salida a inmediaciones del parque, por donde huyeron los conjurados. En ambos casos se tendrían preparados los caballos necesarios y gente armada para defenderse de cualquier agresión, y se encaminarían a toda prisa hacia Almolonga.

El objetivo era partir rumbo al puerto de Champerico donde un carguero estaba esperando la valiosa carga. Pero la carta que jugó doña Lola desesperadamente no dio resultados positivos: el plan no resultó, había que seguir esperando.

15

Pólvora y sangre

13 y 14 de septiembre
Más de veinticuatro horas

Después de que las tropas revolucionarias han estado acampadas unos días en las cercanías de San Juan Ostuncalco; pasadas las ocho horas de la mañana del día 13, levantan campamento y marchan hacia Quezaltenango.

Las tropas van marchando en perfecto orden, manteniendo la debida compostura y avanzan con animosidad. De vez en cuando entonan cánticos de guerra; de esta manera llegan a las orillas de Quezaltenango antes del mediodía. Llegan por el camino de Las Ovejas. Al frente de los animados revolucionarios va el general Adolfo Fuentes Barrios.

Llegan las tropas a la extensión de la calle real del Calvario, aproximadamente a una distancia de quinientos metros de donde termina el Cementerio General. En este lugar se detienen brevemente con el propósito de recibir los oficiales al mando las últimas instrucciones antes de entrar a la cabecera departamental.

Las órdenes dadas a la fuerza militar son dividirse en tres frentes o columnas, cada una bajo el mando de un coronel.

El primer frente bajo el mando del coronel Salvador Ochoa avanza recto por la calle real del Calvario en dirección al centro de la ciudad con el objetivo de tomar la comandancia de armas y la plaza.

El segundo frente va comandado por el coronel Víctor López R. acompañado del capitán Francisco Martínez Barrios. Parte al llegar al cementerio, a su derecha, rumbo a San José la Viña, con destino final a un costado de la ermita de San Antonio, al sur de la ciudad. Marcha la columna con la encomienda de atacar a las fuerzas del Gobierno que están atrincheradas en el cerro La Pedrera, fuerzas oficialistas que están al mando del coronel Roque Morales.

El tercer frente bajo las órdenes del coronel José María Lima, al llegar al cementerio toma a su izquierda, rumbo a Las Tapias, para ir a situarse frente al hospital San Juan de Dios, al costado sur del hospicio. Con el propósito de atacar por la parte trasera al cuartel de artillería.

El general Roque Morales, ante los acontecimientos en la cabecera del departamento de San Marcos, había tomado las precauciones necesarias e hizo instalar piezas de artillería en los lugares por donde se anticipó que podía llegar el enemigo. Para causarles más daño al bombardearlos.

A las once horas con treinta minutos de la mañana, los revolucionarios saludan al enemigo con una salva de fusilería. Los cañones de las fuerzas gubernamentales truenan poco después en respuesta. Un gran estruendo se escucha por toda la ciudad, cuando rugen los cañones en los diferentes frentes de combate.

Las descargas de artillería infunden espanto cada vez que llueven sobre los revolucionarios, porque a cada descarga, cae un gran número de patriotas. Pero nada detiene a estos intrépidos combatientes.

Los revolucionarios por armamento solamente cuentan con fusiles, revólveres y armas blancas, y a pesar de esto se enfrentan a la artillería que los reprime con potentes y seguidas descargas. Son tan cruentos los combates que donde se dan estos hay densas nubes de humo.

Cuando se escucha la salva de fusilería anunciando el inicio de los combates; poco antes del mediodía, el coronel Julián Ozaeta instruye al coronel Pioquinto Alvarado para que ejecute a los detenidos. El coronel hace llamar al pelotón de fusilamiento, y al frente de este se dirige a los calabozos para sacar a los detenidos. Al llegar a estos les grita a los custodios:

—¡Saquen a los detenidos, la orden del comandante de armas es fusilarlos!

Pioquinto que ha permanecido en el cuartel de artillería, conforme a las instrucciones recibidas de parte del coronel Roque Morales procede así a cumplir con las órdenes recibidas.

Se le había indicado a Pioquinto que al momento en que los revolucionarios llegaran a las goteras de la ciudad o se escucharan los primeros disparos, estuviera atento para recibir las instrucciones finales del coronel Ozaeta, respecto a los detenidos.

Pioquinto es un hombre cruel, casi analfabeto; debido a su saña en pedir documentos e interrogar a la gente, es conocido por los vecinos como un contumaz, y es el terror de los estudiantes.

Luego de hacer sacar del calabozo a los detenidos, con lujo de fuerza, salen del cuartel y los conducen a los atrios de la iglesia San Nicolás, frente al monumento al Sexto Estado. Todo ocurre en un santiamén, y debido a las prisas llevan casi arrastrando a los sentenciados a muerte. Pioquinto ordena colocar a los detenidos de espalda a los blancos muros y enseguida ordena al pelotón formado por doce soldados, seis de ellos veteranos, que se formen en fila frente a los detenidos, a seis metros de distancia. Seis de ellos en línea con una rodilla hincada en el suelo y los otros seis de pie atrás de ellos.

Se ve a don Juan con el rostro demudado por la palidez, pero a pesar de ello saca fuerzas de flaqueza y les dice a sus temblorosos compañeros de infortunio:

—¡Animo, paisanos! ¡Levanten la cabeza; moriremos con el rostro de cara al sol!

Cuando detenidos y pelotón están respectivamente alineados, Pioquinto hace una señal con la mirada a Ozaeta, a la cual este contesta de la misma manera, dando la aprobación al fusilamiento. Pioquinto, mirando a los reos, titubea brevemente al ver la gallardía de estos, quienes, al contrario de los anteriores, no piden clemencia, mientras se coloca al lado del pelotón por el extremo occidental:

—¡Atención! —grita mientras desenvaina su espada y la pone en alto.

—¡Viva el Sexto Estado! —grita don Sinforoso.

—¡Viva! —gritan los demás al unísono.

—¡Carguen!, ¡apunten!, ¡fuego! —da las instrucciones dos veces, bajando la espada cada vez que da la orden de disparar.

Al recibir esas dos descargas de fusilería caen inertes bajo las balas don Juan Aparicio, don Sinforoso Aguilar, el joven Mariano Flores, originario de San Mateo, y otros seis más.

—¡Pueblo de *Calcetenango*, así se cumplen las órdenes! ¡Muerte a los traidores! —les grita Pioquinto, levantando y agitando ambas manos empuñadas, sin ningún remordimiento a sus tropas y a los presentes que están aglomerados del lado oriental de la iglesia. Está con el rostro demudado por la ira, por la sed de sangre y por la incertidumbre del combate que le espera.

A la hora del fusilamiento frente a la puerta del cuartel, por esos actos de la providencia; esperando a su padre el comandante Luis Montes se encuentra el cirujano militar Rodolfo Montes. Inmediatamente lo requieren para ir a reconocer a los fusilados y dictaminar si han fallecido; luego de examinarlos, declara que están muertos, con una excepción. Ante las dos fulminantes descargas de fusilería, solamente hubo necesidad del tiro de gracia, para uno de ellos.

Fue notorio que, respecto a los civiles ejecutados durante este levantamiento armado, no se hizo ningún juicio, como tampoco ningún preparativo de formal ejecución de sentencia de muerte. Don Juan Aparicio, don Sinforoso Aguilar y los otros detenidos no fueron formalmente sometidos a ningún proceso de ley, por muy breve que fuera el proceso.

Debido al fragor de los enfrentamientos que se están librando en los diferentes frentes, y al estruendo de los tiros de los fusiles y las cargas de artillería, los vecinos que viven en las inmediaciones permanecen dentro de sus viviendas y no reparan, al momento del fusilamiento, en lo que está pasando frente al cuartel de artillería. Pasará poco tiempo para que se sepa lo ocurrido y vuele la noticia como reguero de pólvora por la ciudad. Algunos de los que vieron el fusilamiento, unos por casualidad y otros por encargo de los familiares de los detenidos, salieron a toda prisa a comunicar a las personas que les son conocidas.

Después del fusilamiento y de dejar a los cadáveres amontonados bajo el sol sin la menor empatía; Pioquinto, en horas de la tarde, da la orden a un piquete de soldados de acompañarle con el propósito de dirigirse a la penitenciaría, a donde va con la consigna de fusilar a los demás reos. Aún tiene sed de sangre.

Al llegar a la cuesta de San Nicolás y llegar a la altura de la casa de don Mariano Molina, ubicada a unos trescientos metros de la penitenciaría; es interceptada la escolta bajo las órdenes de Pioquinto. Sus interceptores son muchachos simpatizantes de los revolucionarios, que están apostados en los tejados cercanos.

—¿¡Quién vive!?

—¡Soy el coronel Pioquinto Alvarado!

—¿¡A dónde se dirige, coronel!?

—¡Voy a la penitenciaría a fusilar a todos los malvivientes! ¡Ustedes dejen de estar chingando! —les grita enardecido.

—¡Desgraciado! ¡Hijueputa! —le gritan.

A la cabeza de los muchachos está Pedro de León Solórzano, quien le dispara a bocajarro luego de insultarlo. Pioquinto, al recibir el tiro y debido al impacto, cae del caballo, y el animal corre asustado cuesta abajo. Solórzano acabó con la vida del coronel de un solo tiro.

Los demás soldados, al ver caer a su jefe, acobardados, inmediatamente se dispersan, con lo que se evita otra carnicería, como la que acaba de acontecer hace pocas horas. Este es un acto de heroísmo de la juventud quezalteca.

El general Daniel Fuentes desde un principio quiso avanzar con las tropas hacia la plaza de armas, pero se lo impidieron los principales jefes y los que lo rodeaban, con el objeto de evitar una desgracia prematura. Ya había corrido con mucha suerte en San Juan, cuando el capitán Marcelino Ovando ofrendó su vida a cambio de la de Fuentes, interponiéndose entre este y una letal bala, pues este era considerado el líder de la revolución. Sin embargo, en pleno combate, cuando ya son las cinco de la tarde, Fuentes Barrios llega a la plaza, y se ubica enfrente al portal de Sánchez, acompañado del licenciado Feliciano Aguilar, y desde allí dirige las acciones militares.

Las fuerzas oficialistas que se encuentran atrincheradas en La Pedrera al mando de Roque Morales son insistentemente atacadas con un nutrido fuego de fusilería por las fuerzas revolucionarias al mando del coronel López y el capitán Francisco Martínez Barrios.

La columna que llegó al centro de la ciudad se ubica en la plaza de armas; emplaza una batería, con un cañón que cayó en sus manos, entre la penitenciaría y la catedral y empiezan a hacer nutrido fuego sobre las fuerzas oficialistas que se encuentran en el cerro La Pedrera.

Entretanto, varias de las calles de la ciudad son campo de batalla, cayendo mortalmente, muertos o heridos, bajo los ataques, tanto gobiernistas como revolucionarios, junto a ellos también varios particulares.

En la loma de los Arango, que está situada como a unos mil pies de distancia al oriente de la calle real de San Nicolás, una sección del Gobierno es aniquilada totalmente, y los soldados que caen, quedan bajo el calor del sol, como sucede con el resto de los caídos en la ciudad.

Célebre fue la actitud del coronel don Felipe Pineda, uno de los más valientes soldados de la revolución, quien, en medio del fragor de la batalla, al caer mortalmente herido por las balas enemigas, a pesar de ello se arrastró valientemente arengando a las tropas, infundiendo valor a las tropas que comandaba.

Durante la refriega se unen muchos de los estudiantes del Instituto Nacional de Varones a las fuerzas revolucionarias; y los cadáveres de estos imberbes al caer en combate quedaron tirados a los pies del cerro La Pedrera o al frente del cuartel de artillería.

Gran pesar y dolor causa en la familia Aparicio y amistades la noticia del fusilamiento, sin ningún miramiento, de don Juan. A pesar de tan infausta noticia, de tanto dolor, de tantas noches en vela y de tantos intentos infructuosos por su liberación, doña Lola permanece, aparentemente, serena. Ahora su responsabilidad es velar por la integridad física de sus hijos; su suegro se encuentra fuera del país igual que su cuñado Manuel, por lo que ella debe hacerse cargo inmediatamente de un sinfín de responsabilidades.

Desde antes de mediodía, en la casa se escucha el fragor de la batalla, los estallidos de las balas y el estruendo de los cañones. Lo que los tiene con el alma en vilo, pues no saben qué puede pasar si Roque Morales se sale con las suyas y se hace con la victoria. La sospecha del asalto y saqueo a la casa familiar pasa por su cabeza, por lo que doña Lola instruye a uno de los caballerangos, porque aún no ha llegado Rafael, para que el landó y otros caballos estén preparados para partir en el momento propicio. El lugar más seguro a donde pueden partir por el momento es a la finca Palmira, en el Chuva. Los diferentes combates, no cesan en ningún momento durante la tarde. No se dan tregua alguna los combatientes de ambos bandos.

A las siete horas con quince minutos de la noche, se rinden las fuerzas gubernamentales que están en La Pedrera, sin embargo, Roque no se entrega, sino que cobardemente huye a caballo por un costado del cerro, acompañado de dos oficiales; buscando la población de Almolonga para escapar aprovechando la noche. Se llevó con él todo el dinero que pudo conseguir por medio de engaños y extorsiones, principalmente a la familia de don Juan Aparicio.

Al caer derrotadas las fuerzas que se atrincheraron en La Pedrera, los revolucionarios se dirigen a tomar el cuartel de artillería. Unos caminando y otros a caballo van entonando un canto de guerra. Desde la plaza de armas avanzan por la calle real de San Nicolás hasta llegar al cuartel.

El cuartel es firmemente asediado y se pelea una batalla encarnizada. Finalmente, el día 14, a la una con treinta minutos de la tarde, el cuartel cae en manos de los revolucionarios, que a *sangre y fuego* defendió hasta el último momento el coronel Julián Ozaeta; el cual, al final de las acciones militares, es felicitado por uno de los victoriosos generales por su pundonor. Ozaeta fue la antítesis de su superior el coronel Roque Morales que huyó, pero con el pisto. El coronel al rendirse presenta su espada al general fuentes Barrios quien le pide que monte un caballo y le acompañe al palacio municipal.

La tropa que obtuvo la victoria sobre el cuartel de Artillería pide a vivo grito la muerte de Ozaeta, pero Fuentes Barrios tomando la palabra les dice: «¡Hombres de este temple y de este valor no merecen ser fusilados!». La tropa, que tanto quiere e idolatra a su jefe, no hace sino callar.

Cuando el cortejo vencedor se acerca al ayuntamiento, entre ellos va un valiente joven hermano de Fuentes Barrios de nombre Francisco Martínez Barrios. Este viste en esta oportunidad un uniforme completamente igual al del coronel Ozaeta. Entre los últimos del grupo va también el ingeniero Carlos Vela, un hombre de mucho patriotismo.

La exaltación y la felicidad del pueblo son muy grandes y no dejan de vivar a la revolución y a sus jefes. Vela, en un acto de entusiasmo sublime y desenfrenado, toma su arma, apunta por detrás a Ozaeta y dispara. Se escucha la detonación y casi al mismo tiempo se ve caer un jinete de su caballo.

Pero, horror, como fruto de un error no es el coronel Ozaeta el que cae inerte. Es el hermano del general Fuentes. Ante este hecho, la tropa exaltada y furibunda, sin nadie que pueda contenerla, arrebata a Ozaeta de su cabalgadura y lo hacen sentar en uno de los ángulos de la plaza de armas. Una descarga de fusilería acaba con su vida. El capitán Narváez, que presenció el hecho, impotente dijo: «Qué triste final de este valiente y honorable soldado de la tiranía».

Vela, aún confuso por lo sucedido, tembloroso y lívido, se presenta delante del general Fuentes y pide que lo fusilen por su error. Sin embargo, el jefe de los revolucionarios ordena su detención, para poder dejarlo luego en libertad. La razón que da: «Es demasiada ya la sangre vertida».

Toda la noche del día trece la ciudad de Quezaltenango estuvo iluminada por los disparos de fusilería y de artillería. Los vecinos permanecieron en constante alarma y desasosiego, debido a los estruendos de balas y artillería, temiendo constantemente por sus vidas y preocupados por los seres queridos que estaban afuera ofrendando su vida por la libertad y la justicia.

Aumentó la zozobra en la población cierto hecho: cuando los revolucionarios al tomar la penitenciaría procedieron a soltar a todos los detenidos, inmediatamente, un desconocido le prendió fuego al edificio. En pocos minutos, altas llamas de fuego se dejaron ver en las proximidades.

Cesaron las hostilidades cuando las fuerzas gubernamentales se rindieron. Al finalizar los combates, en muchas de las calles quedaron tirados los cadáveres de uno y de otro bando. Como señas y mudos testigos de las cruentas batallas quedaron innumerables huellas de los diferentes tipos de proyectiles en las paredes de las viviendas; el gran número de cadáveres en las calles; el reguero de sangre por las mismas y una gran suciedad a causa de tanto caballo en la ciudad.

La lucha duró veintiséis horas; el pueblo no supo lo que realmente estaba pasando cuando empezaron las hostilidades, pero durante el calor de los combates se levantaron para ayudar a los revolucionarios. Esta fue una de las causas de la derrota de las fuerzas gubernamentales. Ayudaron con lo que pudieron: unos con armas de fuego, otros con machetes o puñales, otros hasta con útiles de labranza.

Tres días se ocuparon en enterrar los cadáveres y en pasar al hospital a los heridos.

Los revolucionarios, luego de breves procesos sumariales, proceden a fusilar a unos traidores o enemigos. Entre los ejecutados se encuentra el administrador departamental de rentas don Abel Valdez, quien, al decir de algunos vecinos: «Tan chueco se portó con don Juan Aparicio, y a saber con quiénes más. Ayudando descaradamente a Roque Morales a hacerse de dinero con el pretexto de recaudar fondos para los gastos de las tropas gubernamentales».

Con la derrota y rendición de las tropas al mando del coronel Roque Morales, quien abandonó la comandancia a su suerte, quedó tomada la ciudad de Quezaltenango por las fuerzas de la revolución.

Hasta casi niños se batieron con bravura, un buen número de estudiantes del Instituto Nacional de Varones se sumaron esos días a la batalla, como el caso de un adolescente de escasos catorce años, que, llevando su gorra de estudiante y el fusil en sus manos, peleó toda la noche. Tal vez, al ver su arrojo y su valentía las balas le respetaron.

Después de que pasó el peligro en el cuartel de artillería y al momento de celebrar el triunfo, se acercó el imberbe muchacho a saludar al general Daniel Fuentes Barrios que se hizo presente, y quien al apearse del caballo miró fríamente los cadáveres que estaban tirados y expuestos al sol. Qué contraste entre la hidalguía del joven quetzalteco y la arrogancia del general vencedor que miró con indiferencia a los que fueron orgullo de su pueblo.

Luego de empezar a retirar los cadáveres que están amontonados enfrente a la iglesia San Nicolás, debajo de todos están don Juan Aparicio y don Sinforoso Aguilar. Al ser reconocidos, alguien gritó:

—¡General Fuentes, aquí están Aparicio y Aguilar!

—¡Llévenlos al palacio para que los velen! —contestó con desdén, y siguió adelante.

Sin embargo, algunos revolucionarios y vecinos cargaron respetuosamente los cadáveres en unas carretas y se los llevaron cubiertos con unas sábanas blancas que generosamente llevó un vecino que vive cerca. Los llevaron por la calle real de San Nicolás rumbo al parque y de este fueron llevados los cadáveres a las casas de sus respectivas familias.

Don Abraham Bustamante, conocido pedagogo y propietario de una venta de madera en La Joyita, fue el vecino que proporcionó las carretas y las sábanas y que también ayudó a cargar con los difuntos. Cuando iban colocando a los difuntos sobre las carretas les dijo a los demás vecinos:

—La trampa, con toda alevosía y ventaja, que fue tejida alrededor de Aparicio y Aguilar estuvo bien elaborada. El coronel Roque Morales aprovechó con aviesas y oscuras intenciones el tiempo y la ocasión.

Muchos hombres que fueron honrados y laboriosos ciudadanos murieron en las calles de Quezaltenango y otros pueblos de Occidente, durante la gesta revolucionaria, pero en cuanto a don Juan Aparicio y a don Sinforoso Aguilar, los vecinos que llevaron los cadáveres hacia el parque y sus viviendas, como honra fúnebre, debido a las circunstancias, comentaron entre ellos que se podía hacer una analogía entre los difuntos y Saúl, el primer rey de Israel, el cual como refieren las sagradas escrituras: «Desde los hombros arriba sobresalía de entre todos los demás».

—Sí, así eran ellos, distinguidos entre los distinguidos —dijo don Abraham—. Fueron sobresalientes no por su altura física, por su dinero, o por su inteligencia, sino por su altura moral, cívica y patriota. Muchas cosas buenas hicieron ellos en vida.

Otro dijo: «Don Juan Aparicio era de porte airoso y bien contenido; siempre era correcto en el vestir, sin afectación; esmerado y culto en su trato». Y añadió: «Fue un hombre progresista, que imprimió en la ciudad altense el espíritu de empresa y de asociación. En cuanto a las finanzas, era un millonario, responsable y con mucha ética del trabajo, un filántropo que sembró a manos llenas. El pueblo de Quezaltenango le respetaba y tenía en alta estima, muchos le llamaban amigablemente don Juanito».

Otro vecino dijo: «En lo que se refiere a don Sinforoso Aguilar, este fue un hombre estudioso, modesto, con mucha energía, sin vicios de ninguna categoría, un excelente abogado y notario y además honrado a carta cabal. Fue un hombre de posición humilde que supo escalar peldaños a base de lucha y muchos sacrificios, que se sobrepuso a las privaciones de la vida, era de aquellos hombres que alcanzan el éxito no por lo que llegan a poseer sino por los obstáculos que superan».

Todos coincidieron con sus palabras en que Aguilar y Aparicio fueron los líderes de los dos partidos políticos más fuertes del Occidente, y que fueron ambos de ideas progresistas y buscaron el progreso y el desarrollo de sus pueblos.

De esa manera, con sus encomios honraron durante el camino a los difuntos al llevarlos con sus respectivas familias.

Después de la rendición de las tropas gubernamentales en Quezaltenango, se desarrolló en Retalhuleu un combate el 3 de octubre, en el lugar conocido como Patio de Bolas o Calahuache.

En este lugar, el ejército revolucionario comandado por Joaquín López y Antonio Aguilar combatió contra las fuerzas del Gobierno, que impedían por este lugar el acercamiento de la revolución a Retalhuleu.

En el Patio de Bolas dos capitanes artilleros se distinguieron por su valentía y heroísmo: Narciso Pleitez y Rafael Narciso Porras. El capitán Pleitez, después de varios días de encarnizados combates y de destruir las fuerzas enemigas, fue víctima de un metrallazo que le voló el estómago. Logró aún disparar su cañón algunos momentos después, pero al faltarle las fuerzas y debido a las heridas y desangramiento murió como un valiente.

Los soldados revolucionarios, luego de intensa y larga batalla, se hicieron con la victoria.

16

Los días siguientes

El día 16 de septiembre la llamada Junta Revolucionaria, instalada provisionalmente en el palacio municipal de Quezaltenango, emite un comunicado en el cual insta a seguir con la lucha, hasta la victoria total.

Ese mismo día el general Fuentes Barrios recibe una carta de las mujeres de San Carlos Sija, fechada el 15 de septiembre, en la cual luego de un respetuoso saludo, le felicitan por el éxito obtenido durante la campaña militar y le dan el pésame por los caídos en batalla. Indican ser pertenecientes a la sociedad Agustín Guzmán y, que envían la carta a nombre de las mujeres de la sociedad. Señalan que dan por bien sufridos los trabajos que antes y después se les presenten, con tal de ver realizados sus afanes y desvelos, y deseándole ver coronado con inmarcesibles guirnaldas de laurel firman a nombre de la sociedad, doña Marcela J. Reyes y Francisca Reyes.

El mismo día 16 se reúne el Ayuntamiento y se nombra alcalde primero a don J. Mariano Molina y le encarecen a tomar el cargo inmediatamente. Luego que este toma posesión firman el acta del día y se retiran las autoridades municipales a sus casas de habitación.

Reunida de nuevo la Municipalidad el día diecisiete, levantan un acta en la que desconocen al gobierno del general Reina Barrios, por considerarlo indigno del cargo, debido a los desaciertos cometidos y que ellos consideran que tales hechos dieron origen a la revolución con el propósito de restablecer el orden constitucional interrumpido desde el 1 de junio de 1897.

En el acta levantada hacen constar que se considera como bandolerismo el fusilamiento de los ciudadanos don Juan Aparicio Mérida y don Sinforoso Aguilar, considerando que esta será una mancha indeleble en la hoja de vida del presidente Reina Barrios. Por ello, la Municipalidad, interpretando el sentir de la opinión pública, manifestada por el apoyo espontáneo de los vecinos, desconoce el gobierno del general Reina Barrios y se adhiere al movimiento que reivindicará las libertades en Guatemala. Todo ello queda registrado en el acta del día.

Durante los días posteriores a los combates en la ciudad, en carreta fueron llevando los cadáveres al cementerio general, para enterrarlos en una zanja común, hecha con ese propósito, pues eran demasiados los muertos.

Aunque hubo infinidad de enterramientos, no quedaron asentados los mismos en los libros de inhumaciones del cementerio general durante los días transcurridos entre el trece y el diecinueve de septiembre, debido al desconcierto y al desasosiego imperantes. Los ciudadanos don Juan Aparicio y don Sinforoso Aguilar fueron enterrados en los panteones de sus respectivas familias. Pero tampoco se levantaron actas o partidas de sus inhumaciones en ese momento.

La Municipalidad de Momostenango, el día 25, por medio del alcalde, se dirige por escrito al licenciado Próspero Morales, miembro del triunvirato quien se encontraba en el lugar denominado Chuicruz, un cantón a las inmediaciones de San Cristóbal Totonicapán.

El alcalde de Los Riscos, Manuel M. de León, le comunica a Morales que, *contestándole a su apreciable papelito,* seguramente, alguna nota o misiva enviada anteriormente por el coronel; la Municipalidad que él encabeza es partidaria incondicional de la revolución, e indicándole veladamente, *que usted, el general Fuentes Barrios y el licenciado Feliciano Aguilar han iniciado.* Además, se queja en la carta de ciertos desmanes que ha cometido el batallón de Sija. Y que ante esos desmanes los vecinos han solicitado el auxilio del Gobierno y se esperan las fuerzas militares del Gobierno en un par de días. Por lo que él se ofrece cuando lleguen estas a *dorarles la píldora.*

A pesar de ello pasan quince días hasta que finalmente el general Fuentes Barrios ordena la toma de Totonicapán, motivo por el cual se empieza a sospechar de él, y a suponer que anda en componendas con el Gobierno. Porque cuando se ordena el ataque a Tierra Blanca, Momostenango, ya las tropas gubernamentales contaban con suficientes pertrechos.

Los corazones de los pobladores de Totonicapán estaban a favor de los revolucionarios, las fuerzas gubernamentales eran escasas en ese departamento y el jefe político estaba dispuesto a rendirse. De caer Totonicapán prácticamente todo el Occidente estaría bajo el control del triunvirato revolucionario, sin embargo, el general Fuentes Barrios atrasó inexplicablemente la orden de avanzar. Cuando lo hizo ya era demasiado tarde.

En el ínterin, en el Oriente del país se inicia el movimiento revolucionario, y según parece ser en ese momento tenían buenas perspectivas. Son dos frentes: uno encabezado por el coronel Higinio Aguilera en Zacapa y el segundo por un coronel de apellido Flores en Chiquimula. Este levantamiento lo coordina el capitán y maestro José León Castillo, quien ingresó al territorio guatemalteco por Chingo, Jerez, en la frontera de Jutiapa el 29 de septiembre de 1897 a las cuatro de la mañana.

El uno de octubre de 1897, las fuerzas del Gobierno contraatacan, al mando de estas fue enviado el general Luis García León, que fue de los diputados firmantes del decreto número doscientos cuatro, con el que se prorrogó el tiempo de mandato de Reina Barrios, uno de los detonantes de la revolución.

El Gobierno desplazó una fuerza a Totonicapán que superaba ampliamente a las fuerzas rivales, algunos cifran las fuerzas gubernamentales en varios miles, contrastando fuertemente con los revolucionarios que contaban solamente con setecientos efectivos, y muchos de estos sin mayor entrenamiento militar. El teatro de combate fue cerca del caserío El Molino. Después de inútiles esfuerzos los revolucionarios tienen que aceptar la derrota, pues son ampliamente superados, en número y pertrechos, por las fuerzas al mando del general León. Con la victoria obtenida, las tropas oficialistas van avanzando hasta su destino final: Quezaltenango.

Antes de estos hechos, varios revolucionarios pensaron en destituir del cargo de la jefatura a Fuentes Barrios, pero no pudieron o no quisieron, el motivo era la inacción, ya que este estaba cómodamente instalado en la comandancia de armas, como que la lucha ya ha terminado, dando tiempo a que el Gobierno se arme y reaccione contundentemente.

El 4 de octubre, el considerado *paladín*, general Adolfo Fuentes Barrios, abandona, o huye, la plaza de Quezaltenango, acompañado de otros oficiales y de algunos vecinos que se habían involucrado en la lucha. Dejaba el pueblo a merced de la cólera y el ansia de venganza de las tropas gobiernistas.

Acababa de llegar a la comandancia, un informe del batallón de Sija, en donde notificaban que en los incidentes ocurridos en San Vicente Buenabaj, de los que fueron acusados por parte del alcalde Manuel M. de León, ellos no tuvieron ninguna participación, sino que los hechores de esos repudiables actos fueron las fuerzas huehuetecas que estaban acampadas cerca, y al parecer estas eran gobiernistas.

De ahí que se dijera que a Fuentes Barrios lo que le movió fue el objetivo de hacerse con pingües ganancias, a costillas de la revolución, lo que realmente logró gracias a los diferentes aportes que hicieron los ciudadanos durante esos días para la causa; y se dijo que solamente estuvo esperando el momento propicio para poner pies en polvorosa. Se sostiene que solamente en Quezaltenango reunió un poco más de $200 000 pesos plata. Dinero que reunieron en dos días en la ciudad los vecinos para apoyar la causa revolucionaria.

La negativa de combatir o de iniciar operaciones tardíamente, convirtió en estéril sacrificio la sangre derramada por los amantes de la libertad. Y dio pie para señalar como un traidor y un vendido al general Fuentes Barrios.

La plaza fue tomada finalmente por el general Luis García León, tomando posesión como jefe político y comandante de armas, e instalándose en el despacho correspondiente en la comandancia de armas. Se dieron algunos abusos por parte de las tropas comandadas por García León. Corrió el rumor de que el mismo general pidió una fuerte suma de dinero a la esposa de don Feliciano Aguilar, doña Mercedes Chacón de Aguilar, pero esta se negó a entregar dinero alguno. El general García León, por medio de un mensajero, siguió coaccionando e incluso amenazando a esta con llevarla a prisión; y se encaminó a la casa de la señora para detenerla él mismo. Pero la dama tomó un revólver y en la puerta de su casa le dijo al general que intentara sacarla; inmediatamente entró a su residencia y saliendo por una puerta trasera fue a refugiarse en otra casa vecina.

Ante los disgustos y negativas de los vecinos, García León, mejor optó por detener los saqueos que las tropas estaban realizando en diferentes partes de la ciudad, entre ellos la casa Aparicio, donde no pudieron llevarse los saqueadores el cuadro que estaba en el descanso a la medianía de la escalinata de mármol, simplemente porque era muy grande, o ya no les dio tiempo.

El día siete de octubre, el recién instalado comandante de armas y jefe político convocó a los vecinos para elegir alcalde primero, resultando electo el licenciado León Sáenz padre y al siguiente día se comisionó a un concejal para que fuese al cerro La Pedrera a verificar que no hubiese cadáveres insepultos, y de ser así que se les enterrara inmediatamente. El general Luis García León, una vez informado de que había muchas plazas vacantes y que era necesario cubrirlas, procedió a hacer los nombramientos necesarios.

Secuelas de la revolución fueron el hambre y la necesidad, y también algunos excombatientes al quedarse sin paga, mercenarios, se dedicaron al pillaje y al robo. Por lo que el jefe político el trece de octubre lanzó un comunicado con el propósito de garantizar la propiedad e integridad física de los vecinos. Entre otras cosas ordenó: «... que los ladrones cogidos *in fraganti* o con el objeto robado serán inmediatamente pasados por las armas».

Finalmente, en el Oriente las fuerzas revolucionarias al mando del capitán José León Castillo también fueron derrotadas. Así la revolución quedó sofocada, pero habría consecuencias.

17

La partida

Cuando se conoce la noticia de que las tropas bajo las órdenes del general Luis García León se aproximan a Quezaltenango, la alarma cunde en la población y las familias que pueden huir, por tener los medios y a donde ir, lo hacen por caminos diferentes a donde se acercan las tropas, entre ellos doña Lola, quien lleva con ella a sus hijos, familiares y algunos empleados.

Los que huyen salen un poco antes de que el general Fuentes Barrios abandone la plaza, pues les han informado de la inacción de este y, además, de que las fuerzas leales a Reina Barrios son numerosas.

Unos vecinos parten de la ciudad por Almolonga, hacia la costa sur; otros toman en dirección a Olintepeque, buscando las montañas o las labores y granjas de amigos; otros van por el camino que lleva a San Juan, para ir a refugiarse a alguna de las fincas de Chuvá o Colomba, ambas distantes a doce leguas. Colomba es el segundo poblado más numeroso del departamento.

Para esta fecha ya el andaluz se encuentra en la ciudad, a la que arribó luego de los combates sin tener ningún tipo de contratiempo en el camino. Solamente llegó agobiado por el cansancio y la fatiga de las jornadas. Tremendo impacto y gran pesar causó en él la noticia del fusilamiento de don Juan;

albergaba la esperanza de que al final de su viaje las noticias serían gratas, pero fue todo lo contrario.

Durante el viaje de Guatemala a la ciudad altense por el camino de la costa sur, su apariencia es otra, ya no lleva el poncho de lana encima debido al calor y, por lo mismo, en lugar de botas calzó sus pies con caites; desensambló su Winchester y envolvió cuidadosamente las piezas de este en unos paños y estos a su vez con el poncho. Coloca todo dentro de un saco de brin, el que carga a su espalda cuando va a pie. En este lleva la funda del rifle; su revólver envuelto en un paño; sus botas y el poncho. Y finalmente, con el propósito de encubrir lo anterior, encima de todo un pantalón y una maloliente y sucia camisa que alguna vez fue blanca.

Durante una etapa del viaje se le presentó un hecho curioso: en el pueblo de Cocales por donde pasó la tarde del día 16 a descansar y a cuidar de los caballos. Cuando salió del pequeño establo en donde dejó a los caballos, al nacer la noche, al encaminarse a una pequeña fonda que está cerca, al pasar a inmediaciones de una cantina de mala muerte, de nombre La Cantina del Cadejo, escuchó una conocida y aguardentosa voz, reconocible además por la altanería con que habla a sus interlocutores. Sentados junto al que llevaba la voz cantante, tenían sobre la mesa un par de botellas de aguardiente y unos platos con sobras de comida. Rafael, espoleado por la curiosidad, se asomó ligeramente por una ventana abierta de par en par, debido al calor que todavía reinaba a esa hora. Al asomarse disimuladamente por la ventana, divisó a Roque Morales que les hablaba efusivamente a sus compañeros de mesa, no logró entender de qué estaban hablando, ya se les notaba bastante zocados. Ya arrastraban las palabras.

Al retirarse del lugar, mientras hizo cavilaciones al respecto, se topó a unos cincuenta metros con un soldado que cuidaba en la calle a cuatro caballos y a tres mulas, las cuales todavía estaban cargadas. Al pasar un poco retirado de las bestias, dio una ligera y despistada mirada a los caballos para no levantar sospechas, observó que uno de estos tenía la marca de la familia Aparicio. Pensando en Roque y hablando para sí mismo dijo: «¡Ah, cuatrero este! Hasta las bestias se robó».

Tomó al llegar a la fonda las debidas precauciones, por aquello de que los otros viajeros decidieran también ir a la fonda donde planeó dormir y descansar o se dirigieran al pequeño establo donde dejó los corceles. Afortunadamente para él, no sucedió nada de lo anterior.

Prefirió dormir en el patio de la fonda en una hamaca, desde donde podía mantener vigilancia. La mañana siguiente se levantó muy de madrugada; fue por los caballos y emprendió el camino. Al no ver a nadie afuera se dijo: «Los otros en alguna parte deben seguir *durmiendo la mona*».

A causa de que no tuvo inconvenientes durante su travesía de regreso, Rafael supuso que los soldados que encontró a la altura de San Lucas, al soltarse, lo que anticipó; y tener sus caballos al alcance de ellos, han de haber decidido ocultar los hechos vergonzosos por los que los hizo pasar, amarrándolos y amordazándolos. Y seguramente decidieron decir a su superior que no vieron nada, ni a nadie sospechoso pasar por el burdo puesto de inspección colocado. Porque pudieron ser seriamente castigados debido a sus reiterados descuidos; nunca se sabrá qué pasó realmente con ellos. Rafael solamente hizo conjeturas y supuso hechos.

La sorpresa de la muerte de don Juan apesadumbró a Rafael cuando llegó a Xela y supo la noticia, pero a pesar de ello se dispuso a tener todo lo relacionado con el carruaje, caballos y bestias, preparado en la casa de la familia de don Juan; por si acaso había que huir de la ciudad, hecho que se dio como se había estado temiendo. No era seguro permanecer en la ciudad.

Doña Lola, en cuanto a recursos financieros, lleva con ella solamente el dinero que tenía en casa, ya bastante los había expoliado Roque, además de algunas mudas de ropa para la familia. En Palmira tendrán lo suficiente.

Muy de madrugada sale de la ciudad la comitiva. Al momento de partir, doña Lola echa una última mirada a su casa, enjugando las lágrimas que se esfuerza por contener. Es preciso partir para poner a salvo a su prole y al resto de la familia. Los que la acompañan en su dolor y huida van en un carruaje, en caballos y en mulas con destino al Chuvá. En la finca de la familia planean pasar el temporal que se les ha venido encima. Será un día largo de camino. Con resolución y sin perder tiempo, doña Lola, en medio del dolor, los anima:

—¡Vámonos! —les dice.

Han dividido la comitiva en tres cuerpos: en el primero al frente va Rafael, quien ahora va vestido con traje campero, acompañado de tres empleados. El segundo cuerpo que va a cincuenta metros de distancia del primero está compuesto por el carruaje donde van los niños y algunos baúles. Por último, atrás del carruaje va doña Lola montando su yegua Perla, va vestida de amazona, lleva sombrero de ala ancha, un pañuelo negro de seda atado alrededor del cuello, blusa blanca, chaqueta y falda larga de color negro, lleva guantes de cuero y calza botas negras de montar. En la mano derecha lleva una fusta hecha con una vara de acebuche. A la par de ella va su hermano Antonio, vestido también con traje de montar; otros empleados van atrás de ellos, montados en caballos y jalando las mulas con las cargas.

En señal de duelo, los que pueden llevan prendas de vestir negras o, en su defecto, un pañuelo negro alrededor del cuello o un crespón de seda de color negro a la altura del corazón.

Se dan la mayor prisa que les permite el camino, así como el carruaje y las bestias, manteniendo la formación, nadie sabe qué puede pasar, y así van lamentándose internamente, cargando sus penas, como lo han hecho otros desterrados, refugiados o perseguidos, por distintas y diferentes causas.

Doña Lola ha comentado que va a esperar el tiempo propicio para presentar una acusación formal contra Roque Morales. De quien sabe que ha escapado con vida, pues se lo ha confirmado Rafael, y que, lo más seguro, debe de estar refugiado en alguna comandancia o en su casa, pensando seguramente cuándo podrá disfrutar de los bienes que ha despojado, tarea en la que le ayudó don Abel Valdés.

Doña Lola sabe que su esposo Juan confió en don Abel Valdés, pues este era su compadre y ni la menor sombra de sospecha alguna, pasó por su mente cuando le invitó a reunirse con él en la administración de rentas, e incluso don Abel le invitó a un almuerzo, pero él prefirió ir a su casa para cambiarse. De todos modos, don Abel le pasó información a Roque de dónde se encontraba su marido y de esta manera envió policías a capturarlo. Pero ya la justicia divina le ha pasado factura al antiguo administrador de rentas de Quezaltenango.

18

Exilados y difuntos

¿Qué pasó con los líderes de la revolución? Algunos como el general Fuentes Barrios huyeron antes de cualquier enfrentamiento; otros huyeron después de ser derrotados por las fuerzas leales al Gobierno. Unos partieron al exilio, pero otros no tuvieron la misma suerte.

Muchos de los involucrados en la revolución tenían una relación muy personal. En cuanto al general Daniel Fuentes Barrios, hay un hilo conductor directo con algunos de los involucrados en la revolución. Ese hilo conductor es el apellido Barrios.

Celia Barrios de Reina, madre de José María Reina Barrios, es hermana del difunto general Justo Rufino Barrios.

José María Reina Barrios es cuñado de Daniel Fuentes Barrios pues este está casado con una hermana del primero. Aparte de ello, Reina Barrios y Fuentes Barrios son primos, los dos son sobrinos de Justo R. Barrios y sirvieron en la revolución de 1871 al mando de este; el primero tocando redoblante y el segundo corneta. Un caso más de endogamia.

Juan Aparicio Mérida estaba emparentado políticamente con los Barrios, pues su hermana Francisca se casó con el general Justo Rufino Barrios.

Todos los mencionados estuvieron en la boda del general Justo Rufino Barrios y Francisca Aparicio que se celebró en Quezaltenango. Estuvieron tanto en la ceremonia religiosa como en la fiesta que se ofreció por ese motivo el 24 de julio de 1874. En ese entonces Juan Aparicio Mérida contaba con dieciocho años, José María Reina Barrios con veinte años y Daniel Fuentes Barrios era contemporáneo.

Otro hecho de la vida de Reina Barrios es que, durante su mocedad, vivió una breve temporada en Quezaltenango, antes de trasladarse a la Ciudad de Guatemala para estudiar en la Escuela Politécnica. Por lo que de una manera u otra ha de haber tenido relación e intimidad con la familia Aparicio, durante su breve estancia en la ciudad altense.

Hechos que, durante comentarios realizados, a muchos vecinos de la ciudad de Quezaltenango les hicieron difícil entender por qué no hizo el general Reina Barrios su mejor esfuerzo para liberar a don Juan Aparicio de tan triste fin, y si intentó hacerlo por qué permitió que otros agentes ajenos estorbaran sus buenas intenciones.

Los mismos vecinos comentaron que también al ser conocido Daniel Fuentes Barrios de la familia Aparicio, y además de tener ideas políticas afines a la misma; esta por medio de don Juan le apoyó en su deseo de alcanzar la primera magistratura legítimamente por medio de elecciones populares.

El general Daniel Fuentes Barrios abandonó la plaza de Quezaltenango el 4 de octubre de 1897. El líder o paladín de la revolución puso pies en polvorosa, los hechos que siguieron a su huida son los siguientes.

Durante su huida hacia Chiapas México, estuvo temporalmente en la finca El Malacate, en San Marcos. Los que le acompañaban tenían prisa en cruzar la frontera pues temían por sus vidas. Pero Daniel Fuentes les dijo que esperaran; estaba, les dijo, esperando un par de mulas con algunas pertenencias.

Para sorpresa de todos no llegaron un par de mulas, sino toda una recua, seguramente transportando lo recaudado en Quezaltenango, con el propósito de seguir las operaciones militares. Autoridades y vecinos de la ciudad de Quezaltenango, confirmaron que se habían recaudado un poco más de $200 000 pesos plata. En el camino, una de las mulas desapareció. Los rumores decían que se la habían llevado tres de los exiliados, quienes, al llegar a Tapachula, con el dinero que llevaban pudieron establecer dos restaurantes y cantinas.

Se comentó en diferentes corrillos que Fuentes Barrios cobró un cheque personal girado por Reina Barrios y con lo recaudado vivió holgadamente en Tapachula y en El Salvador bajo el cobijo allí del general Tomás Regalado.

El coronel y licenciado Próspero Morales, en lo que concierne a su papel dentro de la revolución, fue el segundo *de facto*. Cuando fueron derrotados huyó y sufrió penalidades entre los exilados. Pero insistió en revivir la revolución y fue así como el 22 de julio de 1898 regresó a Guatemala al frente de un grupo de revolucionarios, entre ellos exilados y algunos mercenarios. Al frente de las operaciones colocó a un militar ecuatoriano que andaba en busca de fortuna, el general Plutarco Bowen.

A oídos del entonces presidente Manuel Estrada Cabrera, sucesor de Reina Barrios a la muerte de este, quien tenía una red de *orejas* por todo el país, llegaron los planes del coronel Morales. Al mensajero que llegó con las noticias, esto le valió, con el paso del tiempo, para ser nombrado jefe de Estado Mayor del presidente Manuel Estrada Cabrera.

Las tropas rebeldes, que contaban con mil quinientos efectivos, iban armadas con rifles Máuser último modelo, fueron repelidas por una fuerza como de doce mil hombres y al menos dos piezas de artillería. Esta fuerza militar en poco tiempo controló la situación. Aunado a lo anterior, ante solicitud hecha por el Gobierno, un buque militar inglés, bombardeó el Puerto de Ocós y luego lo ocupó. Los rebeldes finalmente fueron derrotados el 5 de agosto de 1898 en Vado Ancho.

El Gobierno, durante las tres semanas que duró esta revolución, suspendió las garantías constitucionales, intervino los telégrafos y prohibió a los periódicos del país publicar cualquier nota al respecto.

El coronel Próspero Morales se rindió el 14 de agosto y murió tres días más tarde a causa de una enfermedad de la cual venía padeciendo, aunque no faltó alguien que dijera que había sido envenenado.

Plutarco Bowen, quien luego de la derrota había logrado cruzar la frontera con México, posteriormente fue secuestrado y ejecutado por orden del mandatario. Una de las versiones más creíbles que corrió es que fue secuestrado y drogado en Tapachula por Hipólito Lambert, un supuesto agente francés a las órdenes de Estrada Cabrera, y conducido a San Marcos, donde fue fusilado.

En lo que respecta al licenciado Feliciano Aguilar, huyó junto a los anteriores con rumbo a México, aunque por caminos diferentes, buscando asilarse en el vecino país. El Gobierno le fijó una indemnización que pagar por gastos de la guerra, pero la esposa se negó a pagarla.

19

¿Y el telegrama?

El día 12 de septiembre el presidente Reina Barrios, ordenó enviar un telegrama al coronel Roque Morales con la instrucción de liberar a don Juan Aparicio y a don Sinforoso Aguilar. A pesar de ello, la noticia del fusilamiento y de la entrada de los revolucionarios a Quezaltenango, llegó a la capital de la República pasado el mediodía del día 13.

Las noticias llegaron cuando en el Palacio de Gobierno se hacían los últimos preparativos para tener algunas celebraciones por el aniversario de la independencia patria. Celebraciones protocolarias que se llevarían a cabo el día 15, tanto en el Palacio de Gobierno como en la plaza central.

Ante los acontecimientos y los posibles reclamos por los fusilamientos, el señor presidente ordena al ministro de gobernación, Manuel Estrada Cabrera, dirigirse a Costa Rica en viaje oficial. La orden obedece a que al ministro se le acusa de haber incumplido las ordenes de su superior, y que por lo tanto no envió dicho telegrama; acusaciones que Cabrera niega vehementemente.

Sin embargo, en la ciudad de Quezaltenango se afirma haber recibido el telegrama, pero que este llegó poco después de la ejecución. En la capital y en Quezaltenango se hicieron muchas conjeturas y suposiciones. Aquí unas de estas:

Ante las numerosas y persistentes peticiones que recibió el presidente Reina Barrios para liberar a don Juan, decidió perdonar la vida de este y ordenar su libertad, por lo que ordenó al ministro de Gobernación enviar un telegrama urgente para detener la amenaza de Roque de ejecutar al detenido al primer disparo o cuando se supiera que los rebeldes estuvieran en la ciudad.

Se comentó en los círculos palaciegos, que el ministro Estrada Cabrera redactó el telegrama, recogió la firma del presidente y se encaminó a la oficina telegráfica de la presidencia. Y que esto ocurrió durante el día 13 por la mañana,

En los mismos círculos se comentó que Estrada Cabrera preguntó al jefe de la oficina telegráfica, el oficial Felipe Galicia, si ya habían ejecutado a los detenidos en Quezaltenango. Como no sabía el telegrafista nada al respecto; Cabrera le ordenó inquirir sobre el asunto al cuartel de artillería de Quezaltenango, que contaba con su propia central telegráfica. De parte del coronel Ozaeta, les informaron de que todavía no, pero que la hora de la ejecución estaba muy cerca. Y que esta dependía de los primeros disparos o de cuando se avistaran las tropas revolucionarias en la ciudad.

Cuando recibió los informes, el licenciado Estrada Cabrera le entregó al telegrafista el telegrama que otorgaba la gracia, debidamente firmado por el presidente, pero le dijo:

—Transmita este mensaje cuando usted se haya asegurado de que la ejecución se ha llevado a cabo. Y añadió con seriedad y frialdad—: Bajo ningún pretexto se atreva a desobedecer esta orden.

—Como usted mande, señor ministro —le respondió Galicia intimidado por las palabras del ministro. Y enseguida se dispuso a cumplir al pie de la letra lo que se le ordenó. Cuando con el paso del tiempo se enteró de que los condenados fueron ejecutados, inmediatamente envió el telegrama.

En los chismorreos de los vecinos de Quezaltenango se comentó que Cabrera aprovechó la situación que se presentó porque estaba en malos términos con la familia Aparicio. Se dijo que la madre del ministro había sufrido el menosprecio cuando se encontraba en la pobreza e indigencia y buscaba trabajo para mitigar el hambre. Salieron a relucir dos versiones sobre ello, una es esta:

La madre de Manuel Estrada Cabrera se dedicaba a vender dulces y alimentos en las casas de las familias acomodadas. Al parecer, en cierta oportunidad, cuando llegó a vender a la casa de la familia Aparicio, la introdujeron en la cocina de la casa para hacerle la compra. Desafortunadamente ese día desaparecieron unos cubiertos de plata de la familia. Y al hacer las denuncias a la policía, esta, durante sus investigaciones, detuvo e interrogó a algunas de las personas que llegaron durante ese día a la casa, entre ellas a Joaquina Cabrera, la madre del ministro de Gobernación. Aunque finalmente ella fue absuelta, porque no tuvo nada que ver con la desaparición de los cubiertos de plata. Sin embargo, la humillación pasada parece que causó una profunda animadversión hacia esa familia en Manuel Estrada. Al parecer, también en algunas oportunidades, el niño Manuel acompañó a su madre durante sus ventas de casa en casa, seguramente para ayudarle con alguna carga, y en las ocasiones en que llegaba a la casa de la familia Aparicio eran atendidos en la cocina. Entraban y salían de la casa por la puerta de servicio. Lo anterior puede haber causado resentimiento en el niño por sentirse tratado tan discriminadamente.

La otra, esta:

En una ocasión la madre del entonces joven Manuel Estrada Cabrera, llegó a cobrar el valor de unas viandas servidas; doña Francisca, madre de don Juan, la recibió de mal talante y le habló con más de una frase dura. Dolida y triste, doña Joaquina volvió a su casa y relató a su hijo lo sucedido. El joven Manuel sintió en lo más hondo aquella ofensa hecha a la autora de sus días y la guardó en sus entrañas con profunda animadversión.

Salió también a colación que, ya siendo ministro, el licenciado Manuel Estrada Cabrera, intentó comprar la empresa del alumbrado eléctrico propiedad de la casa comercial Aparicio e hijos, por una fracción de su valor real. Pero no pudo concretar esa negociación. El motivo de su intento fue que cuando el ingeniero Juan Luis Buerón era socio de la empresa, el licenciado Manuel Estrada Cabrera también era dueño de una acción en la misma y siempre quiso ampliar su inversión. Al no poder hacerlo, fue otro motivo de animadversión hacia los otros accionistas.

Durante comentarios hechos con sigilo y en privado, uno de los regidores de la ciudad dijo: «Respecto a las acciones para detener el envío del telegrama del presidente, todo lo que se dice se ha dicho son conjeturas, y la verdad, posiblemente, nunca se sabrá».

A lo que otro le respondió: «Sin embargo, hay un viejo y conocido refrán que nos alecciona ante los rumores, dice así: "Cuando el río suena, es porque piedras trae"».

20

Magnicidio

8 de febrero de 1898
Fatídicos ochos

—¡Acaba de ser herido el presidente!

Fue el grito que se escuchó, a inmediaciones del Palacio de Gobierno, poco después del atentado que sufriera el presidente Reina Barrios. Esta fue la primera noticia que se tuvo y que sacudió hasta los cimientos a la Ciudad de Guatemala, ante el asombro y el estupor de los pobladores. Los adversarios y enemigos de Reina estarían buscando como asegurar sus vidas, pues seguramente habría persecución mientras se aclaraban los hechos.

—¡El presidente ha muerto!

Fue el otro grito que se escuchó alrededor de dos horas después del atentado y ahora magnicidio confirmado. Las calles estaban casi desérticas, pues la población se atemorizó ante el hecho ocurrido y buscó refugio en sus viviendas; y los interesados en afianzarse en el poder estarían tratando de asegurarse en este por medio de asociaciones e intrigas palaciegas.

Hace poco tiempo atrás hubo un intento de privar a Barrios del poder. Poco antes de la intentona, un connotado político chapín dijo ante algunos de sus pares: «Los conservadores cuentan con las armas, el dinero, el suficiente poder político y el beneplácito de un buen número de oficiales del ejército. Sin embargo, no le han arrebatado el poder a Reina Barrios, ya sea por miedo o ya sea por incompetencia». Los siguientes son algunos de los hechos del intento de golpe de mano mencionado. Esto fue lo que pasó:

Cada 24 de diciembre se acostumbraba a celebrar con pompa y solemnidad el cumpleaños del fallecido presidente. Para el año recién pasado se confabularon algunos militares y civiles para realizar un atentado, aprovechando la ocasión del festejo acostumbrado. Para dicha ocasión, planificaron los conspiradores celebrar un banquete en la finca del presidente ubicada en el departamento de Escuintla y, además, compartir simultáneamente dicho festejo con los diferentes cuarteles; celebrando un banquete en cada uno de ellos y propiciar que hubiese suficiente comida y bebidas embriagantes para que ya entonados y alegres, bajaran la guardia.

En cuanto a la celebración del presidente Reina en la finca, se planeó con la misma tónica: celebrar un gran banquete con exquisitos platillos y que corriera todo tipo de finas bebidas espirituosas. En medio de la celebración y en cuanto los presentes estuviesen bajo los efectos de las bebidas y con las mentes obnubiladas, se aprovecharía para capturar al presidente, y llevarlo en calidad de bulto a alguna embarcación en el puerto San José para que se lo llevasen lejos. O en caso de que las cosas se pusieran complicadas, darle inmediatamente un pase al más allá.

El plan no se concretó porque el presidente Barrios supo de este. ¿Cómo? Quién sabe. Y aunque algunos dicen que no le dio mayor crédito, tomó las debidas precauciones e instruyó a los jefes de los cuarteles, y muy especialmente al comandante de armas, general José Nájera, de velar porque no hubiera desordenes mientras él se iba de temporada a su finca El Salto, ubicada en Palín Escuintla.

Las advertencias giradas les hicieron ver a los conspiradores que el plan estaba descubierto y desistieron de su propósito y esperar mejores vientos para echar a andar sus oscuras maquinaciones. El atentado del ocho de febrero les sacó de balance pues era algo con lo que no contaban y se levantaron muchas suspicacias al respecto. Fue un suceso inesperado.

Muchas fueron las interrogantes que se presentaron luego del atentado: ¿qué ha sucedido realmente? ¿Quién o quiénes fueron los autores? ¿Quién o quiénes están atrás de todo esto? ¿Ahora quién manda? Nadie podía entenderlo y explicarlo; será que estuvo muy bien planeado, decían algunos. En medio de las pesquisas e investigaciones preliminares, una breve lucha por el poder se presentó, sobre el cadáver aun caliente del presidente Reina Barrios, propiciando unos hechos lamentables que acaecieron el nueve de febrero cuando ya el primer designado, el licenciado Manuel Estrada Cabrera está al frente del Gobierno en su calidad de presidente interino. Para la fortuna de don Manuel Estrada Cabrera, ya había regresado de la misión que le encomendó el presidente Reina Barrios en el hermano país de Costa Rica.

El presidente, casado con Argelia Benton, a pesar de tener casi doce años de matrimonio, no tuvieron hijos. Aunque al momento del magnicidio la señora estaba a punto de dar a luz. Hecho curioso, porque era un secreto a voces que la pareja ya no vivía maridablemente desde hacía algún tiempo. Las desavenencias que había entre el matrimonio eran la causa del alcoholismo de la esposa y posiblemente del desapego del presidente.

Por ello el presidente salía de palacio, por las noches, a refugiarse en brazos de una que otra amante, y últimamente a los brazos de una artista española que llegó a Guatemala con una de las zarzuelas que visitaban regularmente el país, y que tanto agradaban al presidente y por ello era visitante asiduo del Teatro Colón. Y fue allí, durante una presentación, cuando quedó prendado de una de las artistas. El nombre de la beldad, Josefina Roca.

El teatro es punto de referencia del arte dramático centroamericano y en este se presentan artistas de diferentes partes del mundo. Por ello toda la crema y nata de la capital es asistente regular a este. El presidente y su gabinete nunca faltan a un estreno o a una presentación especial, porque al gobernante le gusta codearse con la alta sociedad y los empresarios capitalinos.

El 8 de febrero en el Teatro Colón todo está listo para llevar a cabo la función de la noche, con algunas zarzuelas del género chico: *Coro de señoras, El dúo de la africana* y *La gran vía*. La que enloquecía a los admiradores masculinos en ese momento era la agraciada tiple cómica Luisa Obregón. La compañía de la artista Josefina Roca hacía algún tiempo partió de la capital, pero esta se quedó en Guatemala, cuidando y atendiendo a su enamorado presidente.

Aunque los palcos están abarrotados con la flor y nata de la sociedad capitalina, el palco presidencial luce casi vacío, es notoria la ausencia del presidente de la República, al que le gustan mucho las zarzuelas. El presidente siempre se presenta puntual a las funciones y llega elegantemente vestido. El coronel Toledo, miembro de la guardia del presidente, está sentado en el palco presidencial junto a otros dos militares. Todos ellos vestidos con traje militar de gala.

La función da inició a la hora programada ante los aplausos de la concurrencia. Pocos minutos después se ve salir intempestivamente al coronel Toledo del palco, seguido de sus acompañantes; inicialmente, pocas personas se percataron del hecho. Pero cuando alguien se enteró en otro de los palcos, el incidente corrió entre los presentes *como fuego sobre hojarasca*.

Termina la primera zarzuela y se baja el telón ante el resonar de los aplausos una vez más. Al levantarse el telón para la siguiente zarzuela se puede notar que de los palcos y la luneta se han retirado varias personas. Ya la noticia del atentado ha llegado y, finalmente, el teatro será desalojado y la función quedará inconclusa.

El presidente, cuando hace sus visitas nocturnas a la casa que le ha hecho instalar a su delicada y graciosa amante, por cierto, cerca del Palacio de Gobierno; no va a caballo ni en carruaje para no hacer ruido ni levantar sospechas. Cuanto menos ruido mejor. Como son pocas las cuadras de distancia del palacio a la casa de la actriz, el presidente y su escolta hacen siempre este recorrido a pie. El presidente, en todo tiempo, lleva capa larga, sombrero de ala ancha y los guardaespaldas le siguen siempre a una respetuosa y prudente distancia.

Esta noche, el presidente, luego de una corta visita, sale de la residencia de Josefina, situada cerca de la iglesia de Guadalupe. Son cerca de las ocho de la noche, va acompañado de dos oficiales y dos policías: el coronel Julio Roldán, el capitán Ernesto Aldana, el inspector Trinidad Dardón y otro agente. Van caminando despacio en dirección al santuario de Guadalupe, cuando de pronto ven venir frente a ellos a un individuo alto del cual no sospechan nada pues parece haber salido de una de las casas del vecindario. Este se acerca con un ramo de flores en la mano derecha, a la altura del pecho. Debido al silencio solamente se escuchan las pisadas de los que van y del que viene: tap, tap, tap.

—¡Alguien se acerca! —le dice uno de los oficiales al presidente—. Vaya con cuidado.

—Debe ser un enamorado, porque parece que viene con un ramo de flores —responde el mandatario con calma—. No se preocupen señores.

Mientras habla el presidente el desconocido caminante que se ha acercado, mueve un poco el ramo a su derecha, y los de enfrente siguen a este con la mirada, distrayéndose ligeramente.

Se escuchan en ese preciso momento las campanadas del reloj de una torre cercana; distrayéndolos más al dar la hora: ocho campanadas; de las que el presidente no escuchará todas, porque el desconocido al estar cerca le dice fuertemente en perfecto inglés, idioma que el presidente domina:

—Good evening, mister president!

No tuvo tiempo para responder porque el individuo al momento que le hablaba, mientras están sonando las campanadas, con la mano izquierda levanta un revólver amartillado que llevaba oculto tras su espalda y dispara a quemarropa un certero balazo en el rostro, del desprevenido enamorado. El tiro entra por la boca del presidente y se aloja en su cerebro causándole la muerte en el acto.

Otros disparos salen del arma, uno de ellos se aloja en el abdomen del presidente, aunque el primero que recibió fue certero y fatal. Uno de los desprevenidos guardaespaldas también recibe uno de los proyectiles, para su fortuna, resulta levemente herido.

Todo ocurre vertiginosamente, los disparos resuenan fuertemente rompiendo el silencio de la noche.

Por unos breves instantes los guardaespaldas se aturden, pero cuando cae al suelo el presidente, el capitán Aldana, gritando: «¡Deténgalo!», se acuclilla para auxiliar al presidente. En fracción de segundos el atacante luego de disparar tira el revólver y el ramo al suelo, da la vuelta sobre sus pies y sale huyendo vertiginosamente. Le ayudan a poner unos metros de distancia sus largas zancadas. Salen inmediatamente en su persecución el coronel Roldán y los dos policías. Los tres van gritando a voz en cuello.

—¡Detente desgraciado! —le grita el coronel Roldan—. ¡O te disparamos!

—¡Le han disparado al presidente! —grita otro para llamar la atención de cualquiera que se encuentre cerca.

—¡Ayuda! ¡Auxilio! —grita el tercero.

En medio de la confusión, del olor a pólvora, a sangre y de los gritos. El asesino va huyendo en dirección a la Legación de México. Cuando el atacante dobla la esquina a su mano derecha, como de la nada, como fantasmas, salen dos policías que estaban apostados, agazapados, a cien metros, como esperándolo, al asesino o a otro. Están en alerta por el sonido de los disparos y por los gritos de los que van siguiendo al tirador. Observan que alguien viene corriendo hacia ellos, seguido de tres uniformados que van gritando desaforadamente.

—¡Aguas! —dijo uno de los apostados—. ¡Persiguen a alguien!

—¡Ahí viene! —grita el otro—. ¡Hay que detenerlo!

Cuando el asesino pasa cerca de ellos; uno de los dos lo tumba de un golpe de bastón en una de las piernas e inmediatamente ambos se dan a la tarea de molerlo a bastonazos. Tarea en que les ayudaran los perseguidores al llegar. No le importa a nadie de ellos los gritos de dolor del infeliz, quien se lleva instintivamente las manos a la cabeza para protegerla.

—¡Ay! ¡Ay! ¡Ay! —grita una y otra vez desgarradora y fuertemente el tumbado, mientras los golpes le caen por todas partes.

—¡Desgraciado! —le insulta uno de sus verdugos y le grita con todas sus fuerzas—: ¡Hijueputa!

—¡Toma, cabrón! —le grita otro dándole de bastonazos inmisericordemente. —Literalmente lo muelen a golpes.

En un momento dado, durante la paliza, el caído que ha encogido sus piernas y solloza, se desvanece; los policías mientras tanto le gritan airadamente improperios mientras lo siguen moliendo a golpes.

No se molestan en inutilizarlo y capturarlo para interrogarlo. Simplemente se dan a la tarea de acabar con él. Es tal la saña con que le pegan que no se dan cuenta de que la víctima se ha desvanecido y ha muerto.

Por fin, cansados, se detienen y uno de ellos se acerca a tomarle el pulso.

—¡Está muerto el desgraciado! —gritó con el rostro demudado y los ojos enrojecidos a causa de la ira—. ¡Se nos pasó la mano!

En esas están, cuando un oficial de policía, de nombre Emilio Ubico, llega hasta la horripilante escena.

Les grita: «¡Háganse a un lado todos!».

Cuando dejan pasar al oficial, este se acerca al cadáver, y en medio de su frustración, o ira, le dispara con el 38 en la cabeza.

Pero lo extraordinario del hecho acaecido es que ninguno de los que persiguieron al asesino, haya considerado capturarlo vivo. Nadie de sus cinco victimarios. Lo que dio lugar a muchas conjeturas, aparte de muchas preguntas: ¿quién es el responsable del magnicidio? ¿Cuál fue el móvil? ¿Quién está atrás del asesinato del presidente Reina Barrios? ¿Hay más involucrados?

El magnicidio se llevó a cabo el fatídico 8 de febrero de 1898, a las ocho de la noche, sobre la calle de mercaderes, frente a la casa número ocho, del centro de la Capital. Por eso llamarán al difunto Reina Barrios *el hombre de los trágicos ochos*.

El cadáver del magnicida quedó tendido entre la calle San Agustín y la calle del Hospital.

Pero aparte de muchas inquietudes, e interrogantes, a partir de este acontecimiento se levantó una vorágine que concluyó el 10 de febrero con el traslado final del cadáver del presidente José María Reina Barrios a la catedral metropolitana, para ser enterrado en las catacumbas.

Con el transcurrir del tiempo esa noche, al realizar las investigaciones preliminares, se supo que el nombre del difunto asesino era Edgar Zollinger.

21

Zollinger

Edgar August James Zollinger nació en el municipio de Hackney, al noreste de Londres, Inglaterra, en el año de 1876. Su familia es de origen escocés.

Cuando rondaba los 17 años, y durante sus estudios en el Brighton College de Sussex, Inglaterra, conoció a los hermanos Rafael y Eduardo Aparicio Mérida, con quienes trabó amistad.

En cierta ocasión, durante unas vacaciones en el colegio, el joven Edgar invitó a Rafael Aparicio a pasar una temporada en la casa de su familia en Escocia, y a partir de ahí la amistad se hizo más profunda.

Debido a problemas económicos de la familia, Edgar en cierta ocasión se encontraba analizando las posibilidades que tenía para salir adelante en la vida, lo que compartió a sus amigos de América. En medio de sus reflexiones, Rafael le invitó para irse a Guatemala, y le sugirió que en ese país del Nuevo Mundo encontraría las oportunidades para salir adelante y prosperar. Edgar aceptó el ofrecimiento de su amigo, y este le proporcionó una carta de presentación, dirigida a su hermano Manuel Aparicio Mérida, que estaba radicado en la ciudad de Nueva York.

Cuando Edgar se presentó a la oficina de don Manuel en la ciudad de Nueva York, su primera escala en América, le entregó la carta de Rafael y le explicó sus planes y deseos. Don Manuel, atendiendo a la solicitud de su hermano, inmediatamente le hizo una carta de recomendación a Edgar, dirigida esta, a su hermano don Juan Aparicio Mérida, para que ayudase al inglés, pues como decía el mismo don Manuel: «Mi hermano Juan es el padre de los desamparados».

Con la carta en su poder, no perdió tiempo Edgar en encaminarse hacia Centroamérica. Al llegar a Quezaltenango y presentarse con la carta ante don Juan, este inmediatamente le dio empleo y lo colocó bajo su protección.

Estuvo durante un tiempo trabajando en las oficinas de la sociedad Juan Aparicio e Hijos, y en algunas de las fincas de la familia, especialmente en Palmira, pero a causa de algunas desavenencias con unos empleados de origen alemán de la familia Aparicio, se vio obligado a ir a trabajar con Mr. James en sus fincas La Moka y La Viña. En el transcurso de estas aventuras, le envió una carta al respecto y dándole en esta al mismo tiempo, todo su agradecimiento a don Manuel.

Antes del atentado, doña Lola le envió a don Manuel una carta en la que le comunicaba que Edgar Zollinger se iba de Quezaltenango a emprender ciertos negocios que estaba gestionando en la capital y le suplicaba a don Manuel que, por su medio, en caso de no tener éxito o de que ya no supieran de él, tuviera la amabilidad de dar orden de pagar unas deudas que dejaba pendientes en Quezaltenango.

Efectivamente, se dio el caso de impago, y doña Lola cubrió el importe, que no llegaba a $3000 pesos. Cantidad que cuando le presentaron las facturas pagadas a don Manuel, este le devolvió a doña Lola, asumiendo él la perdida.

Personas cercanas a Edgar le comentaron a don Manuel, que ellas oyeron decir a este antes de irse a la capital que él iba a vengar la muerte de su protector, que él iba a castigar al general Reina Barrios; dijeron que le oyeron decir:

—I am going to avenge don Juan! I am going to kill that son of a bitch![1]

Luego del magnicidio ante el alboroto, las habladurías, los dimes y diretes que se dieron, don Manuel comentó que no es cierto que el licenciado Manuel Estrada Cabrera hubiera tenido algo que ver en el magnicidio. Dijo también que no creía que, Edgar hubiera tenido alguna componenda con el actual mandatario, antes de que este llegara a la presidencia, ni con ninguna otra persona.

Entonces se dedujo que simplemente lo que empujó a Zollinger a cometer el asesinato fue vengar la sangre de su bienhechor y protector, por quien guardaba una fervorosa admiración.

De haber sido esto último, tampoco a la familia Aparicio se la puede involucrar en este crimen, porque, de haber sido así, estos hubieran aceptado inmediatamente la teoría de la supuesta confabulación, la cual se comentó en algunos corrillos, entre Edgar Zollinger y el presidente Manuel Estrada Cabrera para lavarse las manos, y disipar cualquier sospecha. En fin, todo esto es una inextricable maraña.

---

[1] ¡Yo voy a vengar a don Juan! ¡Yo voy a matar a ese hijo de puta!

Zollinger, al llegar a la capital, se hospedó en el Hotel Germania, que queda a pocas cuadras del Palacio de Gobierno. Se registró con el pseudónimo de Oscar Zollinger. Ya instalado abrió de fachada un pequeño negocio de ferretería, en un pequeño local que alquiló inicialmente por dos meses; instaló unas desvencijadas estanterías y colocó en ellas unas cuantas mercaderías relacionadas con el ramo; luego, con el día a día, se vendían unos cuantos clavos.

Ya establecido el negocio de ferretería como fachada, se puso de inmediato a seguirle pacientemente los pasos al presidente Reina Barrios.

Preguntando a algunos conocidos, supo de sus devaneos amorosos; y así empezó a urdir su plan atendiendo a los hábitos y a los horarios con que se manejaba su futura víctima. Le ayudó el hecho de que cuando se sofocó la revolución y se fueron los cabecillas rebeldes al exilio, el país estaba viviendo en una aparente calma y tranquilidad.

El asesinato de don Juan, como lo calificó Zollinger, no iba a quedar impune, y él dio por sentado que el presidente Reina era el principal responsable. Él dijo en un cotilleo a unas amistades que el mandatario tuvo en sus manos la oportunidad y la facultad de indultar al fallecido, pero no lo hizo. Por lo que, además, dijo Zollinger que eso despertó en él la sospecha de que hubo intereses ocultos, como motivo, en todo lo acontecido. Debido a ello Zollinger decidió que el presidente debía pagar con su vida, tarde o temprano. Él lo haría, aunque en ello se le fuese la propia vida.

Durante los días y las noches de vigilancia, Zollinger entendió que la mejor oportunidad para el crimen era atacar a su objetivo durante una de sus visitas amorosas a Josefina Roca. Había observado que en esas ocasiones iba con poca guardia, y de tener el presidente un feliz término en su visita a la artista iría distraído solazándose en sus recuerdos.

De día, realizar un atentado, era tarea imposible debido a que el presidente pasaba la mayor parte en palacio, el cual siempre estaba bien asegurado, y cuando salía de día iba fuertemente custodiado.

El hecho de ir con poca guardia el presidente la noche del atentado, da a pensar que se sentía muy seguro, tal vez, porque todas las insurrecciones ya habían sido sofocadas.

Fue así como se le presentó a Zollinger la oportunidad el 8 de febrero de 1898. Esa noche, aprovechando el poco alumbrado y que iba vestido con un traje de color negro, pasó desapercibido; y así, a prudente distancia, siguió al presidente y a sus cuatro acompañantes a su salida del Palacio de Gobierno, rumbo a la casa de la artista.

Observó durante las noches que estuvo vigilando y espiando que el presidente siempre iba adelante de su guardia, tanto de ida como de vuelta, a pesar de que hubo un intento de secuestro a finales del año anterior, intento que quedó solamente en planes o rumores, lo que no dio lugar al mandatario a incrementar su seguridad.

Así que cuando Edgar vio al presidente entrar a la casa de Josefina a recibir los arrumacos de costumbre, se cercioró de que la escolta estuviese apostada a la puerta de la casa de la artista.

Entonces se ocultó en el vano de la puerta de una casa cercana, gracias a lo ancho de los muros pasó desapercibido completamente. La suerte le acompañó, o el descuido de los guardias; y así, refugiado en el vano, aunque nervioso, esperó pacientemente a que saliera el presidente de la casa de la actriz. Todo el tiempo de espera estuvo sosteniendo en una mano el ramo de flores y con la otra sostuvo el revólver, como cerciorándose de que allí estaba el arma.

De alguna escuela le han de haber servido las lecturas de los libros de Arthur Conan Doyle y Edgar Allan Poe, que tanto le fascinaban.

Al fin llegó la oportunidad, cuando vio salir al presidente de la casa; esperó a que se acercara un poco, y fue entonces cuando se retiró del vano de la puerta y, fingiendo salir de la casa, se encaminó hacia su objetivo. Ya sabemos cómo fue el atentado, y el fin de este.

Triste final el de la víctima y el del victimario, que al final también fue víctima, ni tiempo les dieron a pedir por su vida. Al oficial que le disparó a la cabeza a Zollinger, estando ya este muerto, con ironía le dicen el Matamuertos. Fue un hecho muy curioso lo del disparo a la cabeza, pero que puede también interpretarse como un tiro de gracia. De haber existido confabulación.

La forma en que se comportó y movilizó Edgar para cometer el crimen puede incluirlo dentro de los criminales que se denominan *lobos solitarios*. Un *lobo solitario* es una persona que siente o cree, que tiene una misión mística o política. Estas personas diseñan sus propios planes, se esfuerzan por conseguir las armas que consideran apropiadas para cumplir con su misión. Siempre están motivados por algo en lo que creen, no lo hacen por dinero o por amor, están motivados por una ideología.

Por otra parte, aunque Edgar no era ningún analfabeto, ni ningún ignorante, su familia de sangre estaba muy lejos, nunca ocasionó problemas en Quezaltenango, aparte de las desavenencias con los empleados alemanes de la familia Aparicio. Con los Aparicio siempre tuvo excelentes relaciones, y le recordaban como una persona muy observadora, educada y agradable. Nadie sabe que pensamientos le corroían interiormente, aparte de eso aún era muy joven, pues al momento del magnicidio contaba con apenas veintiún años.

Algunas personas que lo conocieron dicen que hay evidencias que demuestran que el joven Edgar Zollinger padecía de una enfermedad incurable, sin saberse cuál, y que acababa de ser desahuciado por la ciencia médica. Qué mejor que inmolarse por una causa *noble,* cuando las probabilidades de existencia ya eran nulas. Además, sería vida por vida, para vengar la muerte de su benefactor.

Son muchas las conjeturas que pueden hacerse respecto del magnicidio: ¿actuó solo Zollinger?, ¿era parte de una conspiración? Tarea difícil de dilucidar, ya no hay un asesino a quien interrogar para establecer un móvil o un perfil psicológico. Además, se dice que también han muerto de una forma misteriosa algunos de los involucrados esa noche en su persecución y ajusticiamiento.

22

Días de incertidumbre

Febrero de 1898

La decisión del difunto presidente Reina Barrios de disolver la asamblea legislativa y asumir todos los poderes fue el detonante de la revolución de 1897 y de los hechos lamentables, acaecidos, hasta la toma de posesión del licenciado Manuel Estrada Cabrera como presidente provisional de la República de Guatemala. Toma que no fue sin cierta oposición.

Pocos minutos después de ser asesinado el presidente Reina Barrios, se encuentran en el Palacio Presidencial Mariano Cruz, ministro de Gobernación, de Justicia y de Instrucción; Antonio Batres Jáuregui, ministro de Relaciones Exteriores y presidente del Poder Judicial; Francisco C. Castañeda, ministro de Hacienda; y Feliciano García, ministro de Fomento. El general Gregorio Solares, ministro de la Guerra, se encontraba en el puerto de San José.

Todavía está tibio el cadáver de su antiguo jefe y aunque sus rostros están demudados por los acontecimientos, sobre sus frentes pasa una vaga esperanza: quedarse con el poder, y así empiezan a intrigar cuales buitres para aprovecharse de los despojos que ha dejado la muerte.

Feliciano García, sin tomar en cuenta las leyes respecto a la sucesión presidencial, se sentía con el suficiente derecho para ocupar interinamente la presidencia de la República. Mientras permanecía indeciso Mariano Cruz, en sus ambiciones fue secundado por Antonio Batres. Cruz dijo: «Si fuera para mí el decreto, pasaría sobre la Constitución; pero siendo para Feliciano, no».

Así que mientras en medio de acaloradas discusiones prepararon un decreto para instalar al nuevo presidente interino. No se percataron de que escondido tras unas gruesas cortinas estaba un individuo escuchando todo lo que pasaba en el recinto, y cuando se disponían a firmar el decreto de marras, apareció delante de todos, y erguido con firmeza les dijo:

—¡Señores, el designado por la ley para sustituir al general Reina Barrios en la presidencia de la República soy yo! —Y mientras todos lo miraban atónitos prosiguió—: Sírvanse ustedes firmar este decreto en que se me reconoce como a tal designado en ejercicio de la presidencia.

El que habló fue el licenciado Manuel Estrada Cabrera, quien, acompañado solamente por un policía, y sin arma en la mano, tuvo el valor y la serenidad necesarios para acudir a donde el deber, el patriotismo o la oportunidad reclamaban su presencia.

A las nueve de la noche con cuarenta y cinco minutos del 8 de febrero, los presentes firman el decreto. Ya en el poder, el licenciado Estrada Cabrera envía a un asistente a su casa por un par de revólveres para defenderse en caso de que alguien atente contra su vida.

A las diez de la noche por la ciudad, cuyas calles han quedado desiertas, circula la noticia: ¡Reina ha muerto!

El comandante de armas, general José Nájera, no aceptó el nombramiento de Cabrera, aduciendo que a la presidencia no se llegaba así no más. E inicia un movimiento para derrocar el nuevo Gobierno. Envía inmediatamente dos trenes con instrucciones, uno al general Solares, en el puerto de San José. El otro tren con instrucciones, al general Calixto Mendizábal, que estaba en su finca en Pochuta.

El 9 a las nueve de la mañana, el general Solares regresó a Guatemala y firmó el decreto en que se reconocía a Estrada Cabrera como presidente. Entre esa hora y la medianoche ocurrieron varios intentos de los rebeldes para conseguir afectos a su causa, pero fracasaron. No sin que algunos perdieran la vida en diferentes incidentes.

El nueve de febrero, dos horas antes de medianoche, luego de que conspiraran para derrocar al recién instalado presidente y ser derrotados, el general Nájera y el coronel Salvador Arévalo se apropiaron de $60 000 pesos de la procuraduría del Ejército y partieron hacia la Guardia de Honor, pero fueron rechazados y huyeron de la ciudad.

Mientras huían Nájera y Arévalo alrededor de las diez de la noche del 9 de febrero, tropas gubernamentales de diferentes cuarteles disparaban al aire para mantener a la población atemorizada y paralizada por el miedo.

Nájera y Arévalo se refugiaron en Mixco, y regresaron a Guatemala el 10 de febrero, en donde pasaron la noche en el barrio del Guarda Viejo, para salir al día siguiente hacia Jutiapa y luego hacia El Salvador sin ser molestados por las fuerzas del Gobierno.

El 10 de febrero, desde muy tempranas horas, circula la noticia por toda la capital de que las instituciones del Gobierno estuvieron en peligro y que se evitó la anarquía gracias a la resolución y determinación del presidente Manuel Estrada Cabrera. Y es entonces cuando innumerables ciudadanos se ponen a las órdenes del recién instalado presidente.

Ya con la ciudad en calma, los restos mortales del general José María Reina Barrios son trasladados a las catacumbas de la catedral metropolitana a las 12:00 p. m.

23

Acusación

20 de mayo de 1898

Después de no verse por un largo tiempo, un viernes a la hora del almuerzo vuelven a reunirse en La Sevillana don B. James Cooney, don Jacinto Pacheco, don Andrés Córdova y un estudiante de Derecho, de nombre Jacobo, que hace su pasantía en el bufete donde es socio don Jacinto.

Por recomendación de don Severo, quien pasó a la mesa a saludar a los distinguidos comensales, los cuatro pidieron una paella y una botella de vino tinto. El mesero con prontitud les llevó la botella y los vasos junto con una ensalada verde, para pasar la espera mientras se cocinaba la paella.

—Tenía un buen tiempo de no verlos, señores —les dijo don B. J. mientras se servía de la ensalada—. A excepción de Andrés, a quien vi durante una de las procesiones de la pasada Semana Santa.

—Bueno, pues es un gusto volverlos a ver señores —les dice don Jacinto—. Aprovecho para presentarles a Jacobo, nuestro nuevo colaborador en el bufete.

—¡Mucho gusto! —dijeron al unísono los otros dos. Don B. J., un poco atragantado, pues acababa de llevarse a la boca un poco de ensalada.

—¡El gusto es mío, señores!

—Han transcurrido ocho meses desde los infaustos acontecimientos de la revolución y parece que fue ayer —les dice el abogado con un dejo de tristeza.

—Todo ello conmocionó grandemente la ciudad; muchas familias padecieron en todo sentido y apenas empezamos a recuperarnos —acota don B. J. mientras suspira levemente.

—Sí, fue una desgracia —dijo Andrés—. A mis patrones no les pasa la pena y andan moviendo tierra y mar para cobrárselas a Roque y sus secuaces. —La locuacidad siempre acompaña al joven contador.

—Don Jacinto, háganos el favor de hacerle los honores al tinto —pide don B. J.

—Con mucho gusto. —Y dicho y hecho, escancia un poco de tinto en un vaso. Luego se lo lleva a los labios y, despacio, saborea el vino—. Es un excelente vino, señores. Sírvanse para brindar.

Sus acompañantes no se hacen de rogar y se sirven, dándole, por la edad, a don B. J. el primer turno. Cuando todos tienen del elixir en sus respectivos vasos, don Jacinto levanta el suyo y les dice:

—¡Salud, señores!

—¡Salud! —responden al unísono y todos beben con deleite.

—Don Jacinto, tengo entendido que en su bufete se elaboró, a petición de la viuda Aparicio, una demanda que esta presentó en contra de Roque Morales —le dice don B. J. bajando levemente la voz e inclinándose sobre la mesa—. ¿Se puede saber algo al respecto? Espero no hacerle caer en indiscreciones.

—Para nada, puedo darles algunos detalles porque esto ya no es un secreto. Incluso lo dieron a conocer los principales diarios de la capital, entre ellos *La República*. Estos son algunos de los pormenores:

—Doña Lola presentó una acusación contra el coronel Roque Morales ante la Asamblea Legislativa el mes pasado. El objeto de la acusación es promover un antejuicio contra el coronel.

»En esta acusación señaló a Roque Morales como autor principal del asesinato de su esposo, ella así lo entiende. Se resaltan en el documento presentado todos los hechos acaecidos durante la detención de su esposo, durante su estancia en el cuartel de artillería y, finalmente, cómo se llevó a cabo el fusilamiento.

»Todo lo que la viuda consideró que se debía de conocer por la Asamblea lo documentó debidamente en el escrito que presentó. A la acusación que presentó la viuda se adjuntó una protesta firmada por el alcalde primero, Manuel Enecón Mora, quien actuó en nombre de la Municipalidad de Quezaltenango. Se adjuntaron también una serie de anexos firmados por distinguidas personalidades que atestiguaron los hechos de que fueron testigos de primera mano. Con su firma dieron fe de todos los hechos ocurridos en septiembre del año pasado.

»Entre los principales testigos que firmaron el documento están don José Joaquín Díaz, el subteniente Justo Villagrán, doña Juana de Potter o don Alberto Mayorga, y hay otros nombres, pero se me escapan.

»Como fundamento de derecho, doña Lola citó en la acusación el decreto del 2 de marzo de 1838, de la Asamblea Legislativa de Guatemala, vigente a la fecha en que presentó la acusación. Lo cual tengo muy presente porque me correspondió revisar cuidadosamente ese decreto. Este entre otras cosas dice más o menos: "Todo funcionario, empleado o agente del poder público es responsable, en todo el rigor de la ley, de los actos que ejecute contra la Constitución o contra los derechos del ciudadano y de todo delito común que llegue a la graduación de crimen, sin que le sirva de excusa orden superior alguna, ora sea civil o militar".

»No sabemos si esta acusación va a prosperar y le van a dar curso al antejuicio. En este momento, Roque Morales es diputado de la Asamblea Legislativa que recibió el documento. Se dice, además, que es protegido del presidente de la República, porque le ayudó en el asunto del 9 de febrero de este año, cuando era comandante de la Guardia de Honor.

»Es posible que la causa quede engavetada, durmiendo el sueño de los justos.

—Señores, aquí está su paella y otra botella de vino tinto —los interrumpe el mesero, quien, diligentemente, pone la paella y la botella en el centro de la mesa.

Ante la interrupción, la charla se termina y se disponen los hambrientos tertulianos a servirse la humeante y olorosa paella.

24

Epílogo

La revolución de 1897 en Guatemala le cambió la vida no solamente a un país debido a la revuelta, al magnicidio y a otros hechos colaterales. Afectó también en lo particular, a muchas familias y personas que salieron afectadas unas, beneficiadas otras. Los beneficiados le dieron la razón al viejo dicho que dice: en río revuelto, ganancia de pescadores, estos aprovecharon para llevar agua a su molino y pan a su matate.

La ciudad de Quezaltenango luego de la revolución pasó por una etapa crítica. La ciudad casi se paralizó debido a los hechos ocurridos. Hubo tiempo de gran duelo, de escasez económica, de incertidumbre, pero finalmente los altenses se han repuesto, en lo que cabe, y la ciudad sigue vibrante, creciendo y saliendo adelante.

La ciudad sigue labrándose un brillante porvenir, gracias al esfuerzo de todos sus hijos, independientemente de su raza, credo o posición económica.

Los difuntos don Juan Aparicio y don Sinforoso Aguilar fueron honrados con unas plaquetas en sus respectivas tumbas en el cementerio general de la ciudad, así como otros distinguidos ciudadanos. Lamentablemente muchos fueron enterrados sin conocerse quienes eran, debido a la premura del tiempo y a que fueron muchos los cadáveres que quedaron tendidos durante los combates de septiembre de 1897.

El general José María Reina Barrios fue sepultado el 10 de febrero de 1898 en las catacumbas de la catedral metropolitana de la Ciudad de Guatemala, a pesar de ser masón grado treinta y tres; con la autorización del arzobispo Ricardo Casanova y Estrada. Debido a que el difunto presidente había permitido el retorno del arzobispo a Guatemala el 19 de marzo de 1897, luego de casi diez años de exilio. Regreso que causó la alegría y beneplácito de los conservadores.

La viuda del presidente Reina Barrios, a causa del asesinato de su esposo, entre otras cosas, enloqueció y partió de regreso a Estados Unidos dejando sus asuntos sin resolver en Guatemala. Marchó a Estados Unidos ya con un bebe en sus brazos, de la cual un general comentó: «La niña de Argelia es igualita al general Toledo».

En los Estados Unidos, la viuda abusó del alcohol y de otras drogas, cayendo a causa de eso en prisión varias veces por intoxicación. Estaba tan desapegada de su hija, de nombre Consuelo, que en una oportunidad la abandonó en las escaleras de una iglesia.

El licenciado Manuel Estrada Cabrera, como primer designado, aprovechó la ocasión que se presentó con el asesinato de Reina Barrios para quedarse sentado en el Palacio de Gobierno. Era un desconocido en la ciudad capital, y cuando fue nombrado para ejercer un ministerio durante el gobierno de Reina Barrios, muchos se preguntaron: ¿y él quién es? Pero fue el ganador absoluto ante todos los hechos que se presentaron y ante tanto derramamiento de sangre a partir del 7 de septiembre de 1897.

El 3 de mayo de 1898, el Ayuntamiento altense decidió construir un monumento para honrar la revolución de 1897 y a los caídos durante ella. Dicha labor se le encomendó al arquitecto Alberto Porta, este monumento está siendo construido frente a la Quinta El Bosque. El monumento llevará el nombre de Arco de los Mártires de la Revolución de 1897.

Daniel Fuentes Barrios, como ya sabemos, huyó a Chiapas con los fondos mal habidos, y se estableció un tiempo en Tapachula y luego de ir a los Estados Unidos se fue a vivir a El Salvador.

El coronel y licenciado Próspero Morales descansa en una fría tumba.

José León Castillo se presentó como candidato a la presidencia de la República en 1898, apoyado por el periódico opositor *La Ley,* pero no corrió con buena suerte porque Manuel Estrada Cabrera salió avante ante todos sus contrincantes, tres en total.

A pesar de la demanda en contra del coronel Roque Morales, presentada por doña Dolores Rivera Vda. de Aparicio, nada se pudo hacer para deducirle responsabilidades por el asesinato de los ciudadanos quetzaltecos y por haber expoliado a varios ciudadanos quetzaltecos. Su incorporación a la Asamblea Legislativa acabó de blindarle.

Luego de la toma de posesión del Gobierno por Manuel Estrada Cabrera, Roque Morales gozó de muchas influencias en esta administración e incluso fue nombrado comandante de la Guardia de Honor. Tuvo una buena participación a favor de Manuel

Estrada Cabrera durante los hechos que sucedieron el 9 de febrero de 1898, con el propósito de impedir, en vano, la consolidación en el poder por parte del licenciado Estrada Cabrera.

En cuanto a Felipe Galicia, el telegrafista de quien se dice que fue la persona que envió el telegrama a destiempo, obedeciendo órdenes, para suspender la ejecución de don Juan Aparicio y don Sinforoso Aguilar, fue recompensado con un puesto diplomático en Estados Unidos. A los pocos días de asumir como presidente Manuel Estrada Cabrera, este le nombró cónsul de Guatemala en San Francisco California. Por ello el licenciado Jacinto Pacheco dijo durante una cena en La Sevillana: «Parece que el contubernio y el servilismo rinden mejores réditos que la mejor preparación en las artes y las ciencias».

El soplón Agustín Valderramos un mes después de la revolución de 1897, fue encontrado muerto, asesinado, al final de la calle real del Calvario, cerca de la iglesia. No hubo testigos y nadie sabe qué pudo haber pasado.

Doña Lola, al enviudar y debido a que su suegro don Juan Aparicio Limón y su cuñado don Manuel Aparicio Mérida estaban radicados en la ciudad de Nueva York, tuvo que lidiar temporalmente con los negocios de la familia, hasta que finalmente don Manuel se hizo cargo de los negocios familiares. Se desconocen mayores hechos de su vida después de la acusación que presentó contra Roque Morales.

Casi cuatro años después de la muerte de don Juan Aparicio, encontramos al andaluz en la ciudad de Sevilla, a donde volvió a finales de 1897.

Regresó a su natal Sevilla porque el difunto don Juan Aparicio era el alma del hipódromo en Quezaltenango y los proyectos asociados a este. Aunque el hipódromo siguió abierto luego de la muerte de su fundador, entendió Rafael que sin don Juan, el proyecto ya no sería el mismo. Y además le esperaban en la ciudad andaluza su esposa Inmaculada y su hija Pilar que había dejado con dos años cumplidos cuando partió al Nuevo Mundo a probar fortuna. Siempre albergó la esperanza de llevar a su mujer a vivir a las antiguas colonias de España y de las cuales tanto se hablaba por el Viejo Mundo. Pero el destino tenía otros planes y lo empujó a regresar a tierras andaluzas. Donde para su fortuna, su familia gozaba de una gran reputación entre los mejores criadores de caballos de la región de Andalucía.

El jueves 25 de abril de 1901, en inicios del siglo XX, vestido con traje campero gris y botines negros, lo encontramos en Sevilla, en el Real de la Feria, para la celebración de la Feria de Abril. Siempre hay una gran expectativa en la ciudad, y en los visitantes por esta fiesta de primavera que se celebra anualmente y tiene una duración de tres días. Hay caballistas y hermosos carruajes circulando. Grande y grata sorpresa causó el año recién pasado el cartel de la feria a manos del pintor regionalista Gonzalo Bilbao, por lo que las expectativas sobre la feria aumentaron.

Rafael en la actualidad tiene bajo su responsabilidad la caballeriza de un importante criador de caballos andaluces y árabes, pero en esta oportunidad ha salido a pasear con su esposa a la feria. Los hombres van vestidos con traje campero y las mujeres llevan hermosos vestidos flamencos. Se encuentra revisando los arreos de los caballos que tiran de su carruaje, cuando escucha atrás de él la voz de un niño que grita:

—¡Papá! —grita el niño alborozadamente.

Cuando Rafael voltea para ver, ve venir hacia él a sus amadas Inmaculada y Pilar ataviadas con hermosos trajes flamencos. Inmaculada de la mano derecha lleva a un pequeño con traje campirano de color azul claro, quien se suelta de la mano de su madre y corre hacia donde está Rafael, que poniéndose en cuclillas le espera con los brazos abiertos.

—Ven acá, Juanito —le dice amorosamente Rafael y agrega—: ven a mis brazos.

Cuando el pequeño llega a donde está su padre, este le abraza y, poniéndose de pie, levanta en alto al pequeño, que ríe a carcajadas.

Juan, es el nombre que le ha puesto a su vástago en memoria del caballero con el que trabajó en Quezaltenango, y cabalgó en tantas oportunidades por las llanuras del Pinal, de Olintepeque y en el hipódromo de Quezaltenango.

Cuando su hijo crezca y esté en edad de comprender, le contará de las aventuras que vivió en casa de don Juan Aparicio y de su esposa doña Lola.

Esta es una historia de ficción. Algunos episodios y personajes están inspirados en hechos reales. No deben tomarse como testimoniales, aunque son tomados de la realidad.

Agradecimientos

A mi esposa por su paciencia durante mis jornadas de trabajo; y por estar pendiente de que nada me faltara para llevar a cabo mis tareas y darme ánimo en todo tiempo. Te amo.

A mi hija Marcela por su entusiasmo y pasión con el diseño de la portada.

A mis hijas e hijo por su apoyo en todo tiempo.

A mi hermana Miriam Judith, que siempre es un apoyo incondicional para mis gestiones en Guatemala.

A Víctor Javier Sanz que me ha hecho ver y comprender mejor la riqueza de nuestro idioma.

A Francisco José Cajas Ovando, cronista oficial de la Ciudad de Quetzaltenango, por su aporte de valiosos documentos históricos y de hermosas fotografías.

A María Elena Toledo Aparicio de Robles, por compartirme bellas fotografías familiares y, además, documentos históricos.

A usted, por honrarme leyendo esta novela.

Made in the USA
Middletown, DE
04 November 2024

63428761R00146